九鷺非香｜著
哈尼正太郎｜繪
與晉長安
Yu Jin
Chang An
上卷
輕世代
FW326
三日月書版

與晉長安

Yu Jin
Chang An

目錄

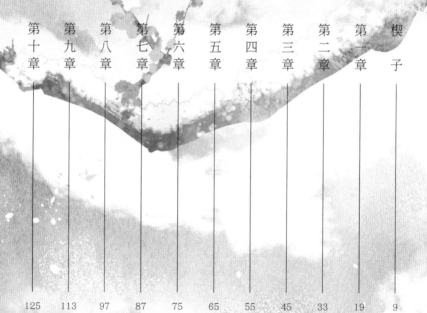

與晉長安

Yu Jin
Chang An

楔子

陰暗的地牢裡，披頭散髮的男子被綁著四肢掛在牆上，身上皆是血跡，已經讓人分不清到底哪裡是傷口，哪裡是蜿蜒而下的血水。

牢籠外站著幾名婀娜女子，為首的女子帶著幕離，擋住了整張臉，但依舊感覺得到她的目光緊盯著牢中男子。

她神情專注，聽著牢籠裡男子粗重的呼吸，一聲比一聲更綿長，一聲比一聲更弱小。

女子手掌一緊，命令道：「進去取血。」她一開口，聲音竟沙啞粗硬得好似九旬老婦。

「教主……」站在一旁的侍女有幾分猶豫，「今日已經取過血了，下次取血應該等到明日午時……」

話音未落，啪的一聲，被稱為教主的女子反手便甩了侍女一個耳光。

「妳看不出他就快死了嗎？」幕離後的眼睛冷冷地注視著被打摔在地的侍女，「等到明日午時，妳想讓我前功盡棄？」

不一會兒，侍女便捂著臉哀叫起來，甚至在地上不停打滾。

侍動作慢了下來，眾人才看清，她臉上被婦人打過的地方已經爛了一大半，血肉模糊，白骨駭人地露了出來。

最後她淒慘地叫了兩聲，捂住臉的手終於落下，睜著眼，再無氣息。

「你們誰還有話說？」

身後眾女子噤若寒蟬，各自默默地淨了手，開牢門進了牢籠。

一人打開一個金色錦盒，盒中有隻像蠶一樣的蟲子在扭動著。一人將男子心口附近的血跡抹乾，一人自旁邊取來金刀，在男子心口處劃開一條小口，新鮮的血液流了出來。

登時，錦盒中的蟲子像是被強烈吸引了一樣，開始狂躁地扭動。

侍女將盒子放到男子心口前，蟲子瞬間便爬到了男子傷口處，開始吮吸他的血液。吸得極為大口，讓它本為白玉顏色的身體漸漸變得血紅。

看著顏色變得差不多了，侍女便用軟刷將蟲子刷進盒中。才刷了兩下，侍女變面色一變。

「教主……」

牢籠之外，女子聲音一沉：「怎麼了？」

「頭……玉蠶的頭爬進傷口裡了，出不來……」

婦人幕離一飛，便進了牢籠之中。不過幾步路時間，那侍女便已經發出了連連驚呼。

「爬進去了，玉蠶爬進去了！」

侍女子走到男子面前，他的胸膛上再無玉蠶身影。

牢中靜默，另一邊的侍女餘光一瞥，只見被綁起來已經九十九天未曾動過的男子指尖微微一彈。

她還在發愣，便聽那方又有人驚呼：「他的傷口……」

他的傷口，竟開始……慢慢癒合了……

女子看著眼前情況，不由得伸手摸了摸他的胸膛，隨即發出了壓抑不住的低笑，「成功了……本宮的蠱人，終於成功了！」

倏然間，男子握起了拳，只聽砰砰兩聲巨響，套住他手腕的鐵鍊應聲而斷。其崩斷鐵鍊的力道之大，讓鐵鍊生生嵌進他身後的牆壁中。

男子睜開眼，眸中一片腥紅，宛如野獸的眼睛，饒是五官精緻，此刻看起來也顯得極為滲人。

女子大笑，「好孩子。今日起，你便是我靈長門的鎮門之寶！有了你，我的回南疆之路，指日可待！」話音未落，男子便一把掐住了女子的脖子。

他掌心用力，女子立時臉色一片青紫。

「孩……子……鬆手……我是你主人……」

男子絲毫沒將她的話聽進耳裡，手臂一甩，女子便如布偶一般被扔在了牆上，將牆壁撞凹了一個大坑。

他一聲嘶吼，宛似野獸深夜的咆哮，霎時間，地牢中血光四濺。

不知過了多久，天色即將破曉，男子才昏昏沉沉地走出地牢，在林間狼狽而行。舉頭遠眺，是大晉王朝塞外略顯荒涼的城樓。

粗氣自他口鼻間呼出，夜的寒涼將他的氣息瞬間捲成了一團團綿軟的白霧，再被自己撞散。

一步一踉蹌，男子盲目地向前走著，天邊微弱的光穿過林間枯枝灑在他身上，照出了他一身黏膩的腥紅。在他赤裸的胸膛上，更有一條鮮紅的印記，延伸到他的脖子、臉頰，直至左邊眼角處才停止。

心臟裡有股劇烈到足以撕裂靈魂的疼痛在折磨他。

他緊咬著牙，神色痛苦。

踏出林間，周圍再無樹木可以倚靠，他腳下一滑，徑直向斜坡下滾去。

冰冷塞北的黎明最是冰涼，他閉著雙眸獨自躺在荒地之上，枯草結霜，他感受著身體肌肉開始顫動，一點點，一寸寸，身體中有骨頭被擠碎的疼痛。

體內部宛如被岩石擠壓了一般，骨骼發出咯咯咯的聲響，他高大的身形慢慢縮小，最終……

完全變成了一個男孩。

晨曦的光跨過遠山，斜斜地灑在荒涼的塞北大地上。

忽聞遠方有人打馬而來，馬蹄踏動大地，帶著鐵與血的氣息，轉瞬行至這方。他閉著眼，不為假裝，只因為實在連睜眼的力氣也沒有了。

「將軍……」有粗獷的男聲喚了一聲，「那裡好像有個孩子。」

馬蹄輕踏，停在他身側。

有人翻身下馬，來自於本能的，男子想確認來人是否有害，他拚盡力氣地睜開眼，卻在逆光中看見貼身而制的紅衣銀甲勾勒出一名女子單薄的輪廓。

一個女……將軍？

看了這一眼，他便再無力氣，眼睛再度闔上。

女子背後另有兩名鐵甲男子，副將羅騰見了男孩有些驚訝：「哎喲！這男孩一身的血！好生駭人！」

另一副將秦瀾倒是淡然許多，「將軍，這男孩胸膛上有印記。」

「火焰紋，倒是紋得好看。」伴隨著略帶沙啞的女聲，微涼的指尖輕柔地撫上了男子胸膛上的圖紋。

女子指腹劃過之處，引起他一陣戰慄，總覺得胸腔裡有一頭沉睡不久的凶獸被撫摸蘇醒，在他心頭鼓動。霎時間，他只覺得體內燥熱非常，口乾難耐，鼻尖吸入的空氣裡開始嗅到另一種味道。

是血的味道。

來自於面前這三人的身體之中，從他們各自的心臟裡奔流而出，在他們體內循環往復，讓他們保持鮮活生命的血液。

鼻尖嗅覺越發敏銳，鮮血對他有難以言喻的誘惑。

特別是這女將軍的鮮血，有著無法形容的芬芳……

但無論男子體內多躁動，面前三人只看到他仍在昏厥。

「男孩長得倒是可愛。」女將軍拍了拍他的臉，「撿回去吧。」

「將軍……」秦瀾很無奈，「這男孩來歷不明……」

羅騰倒顯得無所謂，「俺聽說常西戎有以人祭祀的習俗，今年塞外天氣尤為寒冷，這孩子或許是他們用來祈求平安過冬的祭品？」

「祭品如何會丟棄在此，還衣衫襤褸，遍體鮮血……」

聽到血字，男子心中欲望更甚，喉頭滾動，口乾似有火燒。

「他好像渴了，先拿點水來。」女將軍喚了聲。

緊接著，便是水袋的蓋子被拔開的聲音。

原以為女子會豪邁地直接將水倒入他口中，直到唇瓣感受到指腹的觸感時，才發現不是。

水是沒有味道的，卻因為她的指尖，詭異地染上了一股致命的芳香。

有她的氣息和血的味道。

當她的手指第一次離開他的唇瓣，他像是一匹被搶走了嘴裡的肉的餓狼，心頭狂躁狠戾地幾乎控制不住。於是在女子的手指第二次抹上他嘴唇時，他幾乎是無法控制地一張口，惡狠狠地咬住了她的手指。

食指皮肉破裂，牙齒陷入她的血肉間，血腥味頓時遍布口腔。

女將軍吃痛，低低抽了口氣，下意識地想抽回手指。他卻不肯鬆口，喉頭滾動，幾乎是狼吞虎嚥地將那指尖滲出的血吞入胃裡。

血腥味溢滿口腔，胃中大暖，好似被點上了火，然後這烈焰便一股腦地燒至他心頭，燙得他心尖發疼，心臟失速地跳動著。

「將軍！」秦瀾見狀，連忙上前，用力去捏他的下顎，他抵死不放。

羅騰則粗聲大罵：「秦瀾你放開，讓我來！狼心狗肺的小王八蛋，看老子不卸了你下巴！」粗糙的大手捏上了他下巴，卻聽女子一聲輕喝。

「羅騰！」

雖被喝止，羅騰卻沒有放手，而是極為氣憤道：「將軍！這王八羔子咬妳！」

「我不知道他咬我嗎？」女子斥了一句，有些嫌棄地揮開了羅騰的手，轉而用兩指在男子下顎上輕輕一捏，他便覺雙頰一酸，再無力咬緊牙關。

「讓你來，你還不把他腦袋捏碎了？」她指責了一句，將手指抽了出去。

可流出的血液已經融進了他的身體中。

雖然這點血遠遠不能讓他滿足，但體內的躁動似乎暫時被安撫了下來。

「將軍。」秦瀾的聲音滿是憂慮，「妳的手……」

「男孩力氣，皮肉傷而已。」他咬了她，她卻沒有將他放開，而是將他扛上肩頭，

「走了走了，回營。」

羅騰心急地吼了出來：「將軍，妳要帶這小狼崽子回去？」

黎霜將他放到馬上，「孩子而已。」她也翻身上馬，將渾身無力狀似昏迷的他抱在懷裡，語氣輕描淡寫。

「我幼時便不也是這般像野狼一樣，被阿爹撿回去的嗎？」

此言一出，再無人阻攔。

與晉長安

Yu Jin
Chang An

第一章

用了午飯，軍營裡的將士們都在歇息。

黎霜雖是憂心今年冬月將至，天氣寒涼，西戎存糧不夠，恐怕會出兵至大晉邊塞各地搶糧。憂心歸憂心，但離真正的嚴冬尚一月有餘，軍營裡暫時還不用警戒。

黎霜閒著閒著，便從一疊兵譜裡翻出了一本話本來。

她打小被自家老頭當男孩養，習武弄槍比好多家公子都厲害，身上沒保留幾樣姑娘的習性，唯獨這看話本的興趣留了下來。不管是坊間流傳的香豔故事、風流才子們的過往閒事、江湖俠士的恩恩怨怨或是神仙鬼怪的奇聞異談，她一概不挑，都能看得津津有味。

塞北荒涼，就只有她從京中帶來的幾個話本能聊以慰藉了。

黎霜翹著被男孩咬傷的食指，看得正精采之際，帳外傳來沉重的腳步聲。羅騰也沒有通報，一掀門簾便氣沖沖地走了進來，「將軍！俺今天就說不該帶那小屁孩回來！他一醒，就有人來和老子告狀了！」

黎霜清咳一聲，悄無聲息地將書藏到桌子下，隨即擺出一本正經的樣子問：「怎麼了？他做了什麼？」

「俺找了個兵長去照顧他，兵長吩咐了兩個小兵蛋子過去，聽說他掀了人家送來的飯，還把兩個兵蛋子揍了，把人傷得不輕。依老子的脾氣，這種白眼狼就直接鍘了了事，不過是將軍妳撿回來的……」

「我知道了。」黎霜點點頭，「我去看看吧。」便起身跟著羅騰前往男孩休息的地方。

一進小營帳，眼前畫面讓黎霜愣了一番。

男孩被繩索捆得像個粽子，扔在床上，只留了腦袋喘氣。地上飯菜被踩得一片狼藉，一屋子的人圍著他，每個人還帶了點戒備，可以想像之前他有多折騰人了。

黎霜覺得好笑，「這是幹什麼？」

屋裡的軍士聽到將軍的聲音，連忙讓路行禮。

在黎霜的身影出現在營帳外時，男孩的目光早已落在了她身上。此時此刻，沒有遮擋，男孩更是肆無忌憚地盯著她的雙眼，眼裡暗含著複雜情緒。

只這一眼，黎霜便能看出，這個男孩以前的經歷必定不簡單。

她垂眸掃了眼地上散落的飯菜，問男孩：「你是怕人在飯菜裡下毒？」

兵長在一旁撓了撓頭，「將軍，這孩子好像是個啞巴，從回來到現在都沒聽過他說話……」

「對。」

男孩發出的清脆聲音，狠狠打了兵長的臉。

兵長轉頭瞥了他一眼，咬了咬牙，退到一旁沒再說話。

黎霜聞言卻笑了，「殺你還用得著下毒？這滿屋子的刀，哪一把捅不死你？」她隨手拔了身邊一個軍士的刀，往前一揮，所有人嚇得臉色一白，只道愛惜軍糧的將軍要劈了這孩子了。

但唰一聲之後，只見捆住男孩的繩索被黎霜盡數斬斷，力道與距離都分毫不差，未傷他一根寒毛。

大刀脫手，乾脆俐落地又回到了軍士的刀鞘中。

當事者兩人沒事，握著刀鞘的軍士驚出了一手的汗。

男孩依舊直直地盯著她。

如果說剛才黎霜的招式相當嚇人，那麼在面對她那極有魄力的一刀之下，這個孩子不避不躲，連眼睛也未眨一下，也是個駭人的舉動。

如果他不是看出來了黎霜不會殺他，就是他根本沒有恐懼之心。

對一個孩子來說，任一種可能，都讓人震驚。

但這只是旁人的震驚。

黎霜在男孩面前蹲下，平視著他，目光平和，「我不知道你以前經歷過什麼，但在這裡，沒人欠你什麼，也沒人想害你，我撿你回來是出於道義良心。現在你的午飯被你灑了，所以你今天沒午飯吃。軍糧珍貴，為示懲罰，今天晚上你也沒飯吃，在我這兒誰都一樣。」

黎霜說完，轉身就出去了。

兵長連忙跟了上去，沒一會兒帳外便傳來她的聲音：「你們幾個大男人，這樣捆一個孩子，丟不丟我長風營的人？」

兵長只得叫苦，「將軍，您是不知道這孩子的厲害……」

「得了，就先這樣吧，有事處理不了再來找我。」

「是。」

外面聲音沒了，其他軍士們見男孩乖乖坐在床榻上沒動，便也退了出去。

在安靜下來的營帳裡，男孩垂頭看了看被鋒利刀刃切割的繩索，他抓了一根在手裡握了握——這是她割斷的繩索。

他怎麼覺得，連她割斷的繩索，都帶有她的氣息……

誘人得足以讓他沉迷。

一整個下午，黎霜都在練兵場練兵。

直到傍晚時分回營，她路過男孩的營帳，腳步剛頓了頓，猶豫著要不要去營帳內看看他。畢竟，自己幼時也是這樣被撿回來的，對於這樣的孩子，她總忍不住想多關注一下。

她剛走到營帳門口，營簾便嘩一聲被撩了起來。

男孩赤腳站在地上，抬頭直勾勾地盯著她，滿眼皆是她與夕陽。

黎霜愣了一瞬，笑了，「你洞察力倒是滿好的，在營帳裡就能感覺到外面有人。」

「我感覺到外面是妳。」男孩如是說。

黎霜眉梢一動，好笑地蹲下身來，「哦？怎麼感覺到的？你還真長了個狼鼻子，能嗅到味道啊？」

「嗯，能嗅到妳的味道。」

黎霜越發覺得有趣了，「你說說，我有什麼味道？」

「特別的……」

血液芬芳。

男孩垂頭看了眼黎霜食指上的白色繃帶，口腔裡還能清楚地憶起她血液的味道。他伸出手，輕碰她的手背，指尖與她手背皮膚相觸的地方霎時如同觸電了一般，一陣酥麻，心尖彷彿有什麼東西在竄動，癢癢的，快破土而出。

被男孩這般觸碰手背，黎霜倒沒有被冒犯的感覺，反而覺得有趣。

「特別？難不成是你昏迷時吸了我的血，就認主了？」她打趣地說出了這句話，卻鬧得男孩一愣，呆呆地抬頭看她。

黎霜倒是不信有這種事，只是看著男孩瘦弱的手，頓時有些心疼起來。思及自己幼時，她又動了惻隱之心。

她看了看周圍，確定沒人後，將他帶進了營帳裡，從袖子裡摸了塊糖出來，塞到了男孩的手掌心。

「快吃吧。我可是下了軍令不讓人給你送飯的，要是被別人看到了，可就有損我的威嚴了。」

男孩拿了糖，卻沒有吃。

黎霜本還想多與他多說幾句，卻聽外面傳來了秦瀾的聲音。

「看見將軍了嗎？」

黎霜回頭望了眼營外，轉頭揉了揉男孩的腦袋，「或許還沒人和你說清楚，此地乃大晉朝鹿城守軍長風大營，我乃長風營守將黎霜。你要是信得過我，便尋個時間報了自己的身世，若你有親人父母，我便送你去見他們；若沒了，我也可以幫你在鹿城尋一戶人家收養你。給你時間慢慢想，想清楚了，便來找我。」

黎霜站起身來，轉身欲走出營帳。

男孩幾乎是下意識地伸手去拉她的衣襬，不想讓她離開，可此時黎霜已經掀起了營帳的門簾，外面夕陽的光斜射而入。

暮光刺痛了男孩的眼瞳，他心跳的頻率忽然亂了一拍，渾身一僵，腳步一頓，便沒有抓到她的衣襬。

黎霜出了營帳，與秦瀾打了招呼：「我在這裡，何事？」

「小公子的馬車到了。」秦瀾一邊答著話，一邊領著黎霜快步走遠。

厚重門簾垂下，將男孩的身影遮掩住了。誰都沒看見在那座營帳裡，男孩捂著心口慢慢跪下，呼吸開始變得急促，額上滲出一顆顆冷汗。

胸前開始慢慢長出一條紅色的烈焰紋，爬過他的脖子、臉頰，直到他眼角上。

他的身體……

在膨脹……

長風營大營入口，朱紅馬車停穩，穿著狐裘的少年躲開了僕人來扶的手，自己下了馬車。

遠遠聽到了疾步而來的聲音，漂亮的少年抬頭一望，臉上浮現出一抹燦爛的笑。

「阿姐！」

他還沒跑上兩步，黎霜便行至他面前，用中指彈了一下他的腦門，聲音清脆響亮，少年疼得齜牙咧嘴，嘶嘶了兩聲，捂著腦門使勁地揉著。

「阿姐，妳的力氣比以前更大了……」

少年嘟囔了一句，沒換來黎霜的心疼，卻惹了她一聲冷哼：「我還可以更大力，你要不要試試看？」

黎霆連忙搖頭，「不試不試。」他望著黎霜，裝出委屈又可憐的模樣，「阿姐，我想妳了。妳看看妳，都兩三年沒回家了。」

黎霜素來吃軟不吃硬，見弟弟如此，便有氣也發不出來了，只強自嘴硬道：「你任性，老頭子竟也隨著你，回頭在這邊出什麼事我可不管！」

「我知道阿姐不會不管我的！」少年笑得陽光，兩隻眼睛彎彎，一時給寒冷的塞外添了三分溫度，讓黎霜再難生出怒氣。

「好了好了。」秦瀾上前打圓場，「將軍，外面天寒，還是先讓小公子去帳裡坐吧。」

黎霜聞言，便留下部分軍士幫忙安置黎霆帶來的奴僕，帶著黎霆前往她休息的帳營去了。

入了帳營，晚膳已端了上來，軍營之中飯食簡單，各自一個小桌，安靜地吃了一會兒，羅騰忽然掀簾而入。

「將軍。」他行了個禮，拍了拍身上落的雪，上前道，「將軍，妳撿回來的小子不見啦。」

黎霜聽聞此言一怔，「不見了?怎麼不見的？」

「不久前，路過他營帳的士兵們聽到了奇怪的聲音，就進營帳去看，竟沒看到半個人影。之後大家也在軍營裡找一會兒了，還是沒見到人。」

黎霜蹙眉，方才羅騰掀簾時，但見外面天色已暗，還飄著大雪，他一個孩子跑出軍營，只怕是難捱寒冷。

「著人再去營外找找。」

羅騰撇撇嘴，「將軍，依俺看，這就是個白眼狼，養不熟的。他要跑就讓他跑了得了，還省了口糧，今年天冷，可沒餘糧來養閒人。」

「盡力找吧，若實在找不到，便各自隨緣。」

羅騰領命而去。

坐在一旁的黎霆才問：「阿姐最近撿了個孩子回來？」

「嗯。」黎霜應了，心思卻沒放在這事上面，她觀營外天氣，只道今年冬天這麼早就開始飄大雪，是寒得過分了，大晉朝內各城有江南糧米的補足，可西戎度日只怕是寒一分難一分……

窮則生變，今年西戎鬧饑荒了，怕是有場大仗要打……

「黎霆。」黎霜一邊吃著飯，一邊淡然道，「在塞北，你最多只許待一個月。一個月後，我遣一組小隊送你回京。」

黎霆一聽，頓時不滿地問：「為何！我都走了大半月才到……妳只讓我待一個月啊……」

「讓你待一個月已經不錯了。」

見姐姐態度強硬，黎霆也心急了，「父親說我可以待到自己想走為止！他是天下兵馬大元帥，妳得聽他的！」

「將在外有命可不受，這是長風營，我說了算。」黎霜的語氣帶著說一不二的霸道，她斜睨了他一眼，「再頂嘴，明天就送你走。」

「阿姐妳不講道理！」

「對，就是不講道理，你待如何？」

黎霆被逼到窮途末路之下，咬了咬牙道：「我回去，姐姐也隨我回去。」

黎霜勾起唇，一聲冷冷嗤笑，「小子，幾年沒挨揍，就忘了姐姐我的脾氣？」

黎霆咽了口口水，瞬間默了下來，一時連吃飯的心情都沒有了，只拿筷子戳了戳米飯。

黎霜只道他是公子脾氣犯了，也不慣著他，自顧自地夾菜吃著。

哪想隔了一會兒，黎霆又喚了她一句：「阿姐。」

黎霜沒理他。

「妳想讓我回京，是覺得塞外辛苦又危險吧？」他頓了頓道，「妳可知，妳在塞外的時候，我和父親也是這麼擔心妳的。」

黎霜不為所動，「扯這些也沒用，你要真擔心我，就別跑來拖後腿，老老實實回家讓老頭子給你指門親事，幫他拉攏拉攏人脈，讓他大將軍的位置坐穩一點，我在這邊也就安全一點。」

如此直接的話語，若是一般士兵聽到，大概早就嚇得奪帳而出了。偏偏守在營帳裡的秦瀾是黎霜多年心腹，他只垂目吃飯，宛如老僧入定，全當沒聽見。

「妳都還沒成親，怎麼可以叫我成親！」溫情牌也打不通，黎霆急怒了，「妳之所以不想回京，就是怕見到太子哥哥吧！就是因為太子哥哥娶了太子妃，妳就打算從此以後都躲著他不回京了！」

此言一出，黎霜渾身微微一僵，默然不言。

秦瀾放下了碗，在一旁肅容斥道：「小公子，將軍坐鎮長風營是為守大晉江山社稷，你怎麼能這樣誤會將軍？」

「我……」黎霆嘴動了動，瞥了姐姐一眼，也知道這話說重了，當即便沉默下來。營內氣氛尷尬之際，黎霜只覺耳邊鬢髮一動，帳外的風從後面吹了進來。

她眸光一厲，手中的筷子直向身後扔去。

眾人都尚未察覺出她此舉的意圖，待得秦瀾回頭一看，這才發現筷子扔出去的地方，竟是不知何時被人從外面劃了一道口，完全可以從那處窺到帳內全貌。

「何方賊子！」秦瀾大喝，外面立即有軍士湧入帳內，帳外也將火光燒得通亮，可是外頭已經找不到什麼可疑人士了。

與晉長安

Yu Jin
Chang An

第二章

軍營戒備了一夜，大家都因那偷窺者而警戒重重，沒有人再去管不見了的男孩。讓人意外的是，到了第二天早上，男孩出現在長風營營地外。

赤裸著上身，穿著對他來說寬大而單薄的褲子，赤腳站在積了一夜雪的雪地上，胸膛上的一團烈焰紋尤為醒目。在這樣的冰天雪地裡，他竟沒有半點顫抖畏寒的樣子。

軍士上前探問，他只說了五個字：「我想見黎霜。」

適時黎霜正召集了幾個副將開戰時會議，一是為給黎霆長長見識，二是為防西戎搶糧做準備。

手下軍士將男孩帶了過來。

見到穿得這般少的男孩，眾人都有幾分吃驚，唯有羅騰大怒地拍桌而起。

「你這小王八蛋，想走就走想回來就回來，當俺們長風營是客棧啊！」他轉頭對黎霜道，「將軍，這麼目中無人的小子，將他撕了拿去餵狗算了！」

黎霜打量著男孩，手指微曲，在桌上敲了敲，「既然跑了，又回來做什麼？」

男孩望著著黎霜，一雙眼清澈透亮，「我想見妳。」他直白道，「走得越遠，越想見妳。」

一個孩子如此坦蕩地說出這種話，帳裡的將士們皆在心裡驚了幾分——好個狼崽子，才多大年紀，竟撩女人撩到將軍頭上去了……

以前在京中，黎霜便是人人皆知的帥將虎女，無人敢惹。後來初到塞外，還有幾個自恃身分的將士挑釁她的女子身分，然後……那幾人便不在軍中了。

這三年來，她在將士們眼中乃是鐵錚錚的將軍，性別早已模糊了。

此時聽到一個男孩這樣對她說話，她倒是覺得十分有趣，「哦？還是因為我是特別的？」

「對。」他也答得直接，「妳很特別。」

特別到，讓他無法控制自己……

「這可怎麼辦？」黎霜略帶笑意道，「昨日我撿你回來，是出於同情，可你跑了，我這份同情便算沒了。你說想留下來，可以。我長風營向來不收無用之人，說說你有什麼本事，憑什麼讓我留你？」

「我可以做你的士兵。」

「當兵？」羅騰一聲嗤笑，「好笑！咱們長風營裡最小的兵也比你大，就你這小不點，有什麼本事當兵？」

男孩這才正眼看向羅騰，「我可以殺了你。」

伴隨著話語落在羅騰身上的，是男孩如塞外野狼一般的眼神，帶著冰涼的殺氣，讓在場將士們背脊一凜。即便粗獷如羅騰，也察覺到了他眼中的殺意。

這小子……不只是在說說而已，是真打算殺了自己。

「哼。」被一個男孩唬到，羅騰覺得拉不下臉，隨即大聲喝道，「好！老子也省得讓別人動手了，現在便撕了你這狂妄的小兔崽子！」

「羅騰！」秦瀾在一旁輕斥，羅騰這才往旁邊一看，但見黎霜目光輕輕瞥了他一眼。

羅騰頓時冷靜了下來。眾目睽睽之下，他一個副將認真與孩子比劃，委實不像話……

最後他只好咬了咬牙，沒好氣地坐了下來。

黎霜這才轉眼去看男孩，問道：「你學過武功？」

男孩愣了愣，隨即搖頭，「我不知道。」

黎霜琢磨了片刻，「昨日我說了，你若是信得過我，便報上身世姓名，你有父母我就送你去見父母；你沒有，我便在鹿城為你尋一戶願收留你的人家。我不打算收你做士兵，你太小了，晉朝不用你這樣的孩子來守衛家國。」

聽黎霜要趕他走，男孩慌張起來，「我……不記得身世，也不記得姓名，可我知道，我並不像妳想的這般弱小……」

黎霜沉默了，似乎在思考該怎麼處理現下狀況。

忽然，黎霆跳了出來，「阿姐，我來幫妳試試他的身手，贏過我就讓他留下來，輸了就把他送到鹿城人家裡去好不好？」

黎霆自幼隨父親學武，雖然年紀不大，但功夫在京中也算是數一數二的了，與他一起玩鬧的公子，沒少挨他揍的。

自家弟弟這次前來，除了他自己想來，父親大概也想借邊塞風雪，好好磨磨他的性子。再說弟弟年紀與眼前男孩相仿，讓他們兩個切磋，也算合適。

黎霜看了眼男孩胸前的印記，還有狼一般的眼，心道這男孩的過去必定不一般，若是將他送入普通人家，只怕會害了別人。不如留在軍營裡，親自看管教訓，日後說不定能成為長風營裡的一把利刃。

黎霜心下思量後，點點頭道：「行，切磋，點到為止。」

坐在一旁未發一眼的秦瀾看了黎霜一眼，但見她是盯著男孩說的話，她是在告訴男孩，點到為止，不要傷人，似乎是認定了黎霆鬥不過這小他四五歲的孩子。

男孩理解了黎霜的示意，沉默地往後一退，盯住黎霆。

黎霆這邊蹦蹦跳跳地脫了身上狐裘，扣上僕從遞來的護手護腿，還扭扭腰轉轉脖子地做了好一會兒熱身運動，然後才站上前，擺出迎戰的姿勢。

「來吧。」

他剛說出這句話，男孩的身影便似劍一般直衝他而去。黎霆沒反應過來，胸口便受了重擊，一屁股摔坐在身後服侍他的僕從腳邊。

這場切磋比眨眼還快地結束了。

黎霆揉著胸口費力地咳嗽，身邊的僕從唉呀唉呀地叫著，隨行的老管家登時大怒，「大膽！竟敢對公子下此狠手！」

男孩挺直了脊梁站著，人雖小，氣勢卻穩如山。

黎霜擺了擺手，嫌丟人地轉開了目光。

被打翻在地的黎霆也揉著胸膛，一邊咳一邊拽住了老管家，「別吵別吵，丟人。」

他捂著胸膛被攙扶了起來，看了男孩一眼，然後又看了黎霜一眼，「阿姐，他比我厲害多了……」

黎霜點點頭，「去上點藥吧。」到底是武將家長大的孩子，打小她便不太心疼弟弟的身體。

黎霆被扶了出去。營帳裡便安靜了下來。

方才那場切磋讓將士們驚訝了一番，那一擊的速度與力道，別說士兵了，怕是許多將領都不及男孩。

「若入我軍營，即便你小，也是我麾下軍士。是軍人便要守軍規，若是有行差踏錯的，我還是要拿軍法罰你。」黎霜開了口，「知不知道？」

「嗯。」

「好，現在去庫房登記姓名，讓內勤給你安排住所，分發衣裳。」

她如此說了，男孩卻沒有動靜。

「怎麼了？」黎霜疑惑地問。

男孩發了一會兒怔，才回答道：「……我不知道我叫什麼名字。」

竟是如此。

黎霜與男孩對視了一會兒，一時間也不曉得怎麼辦。

羅騰在旁邊插了句嘴：「兵荒馬亂的時候，不知道名字的孩子多了去了，這有什麼打緊的，隨便取個吧，我覺得叫牛屎蛋就挺好。」他揮了揮手，「趕緊去，牛屎蛋，領衣服去。」

男孩聽了這名字並沒有別的反應，倒真的轉身往外走了。

他竟然接受了這個名字！

黎霜揉了揉眉心，實在有點不能忍地說了句：「叫晉安吧。」

男孩頓了腳步，轉頭看她。

她穿著紅衣銀甲，身姿筆挺地站在桌後，微笑著解釋：「願我大晉王朝長治久安的意思，你就這樣和庫房先生說。」

黎霜給了他姓名，還賦予了這姓名的意義。

男孩並沒有多說什麼，只是像接受了「牛屎蛋」這個名字一樣，坦然地接受了「晉安」這個名字，只是在離開帳營前，他偷偷回望了她一眼。

晉安。

他在心裡默念這兩個字。

他覺得很好聽，有種溫暖且安定的力量。

聽著男孩腳步聲走遠，秦瀾有些不放心地皺了皺眉，「將軍，這孩子身分未明，疑點太多，而且昨日他一來，將軍營帳便被賊人偷聽，留他下來或許……」

「無妨。若是有人遣他來做內奸，那放在明處總好過放在暗處。再者，這孩子實乃難見的可塑之才，若日後能為我長風營所用，必定如虎添翼。」

秦瀾見她有了決定，即便仍有憂慮，也咽下不言。

晉安領完衣裳，內勤的軍士將他安排與另外幾個少年同住。其他幾個少年早就認識，突然加入一人，讓他們多少有些不自然，再加之晉安話少，又是將軍親自帶回來的，難免對他有些不喜。

晉安的床榻在營帳最裡面，他將領來的東西往床上一放，不管他人，直接躺了上去。

沒有人與他說話也好，他不想有人來詢問他的身世來歷，因為這些問題，即便他問了自己一萬遍，也依舊想不起來。

他叫什麼名字，他從哪裡來，又是怎麼到這裡的？

腦海中，一片空白。

他拚命地回憶，除了那晚蒼白的月色與滿身血腥味外，再記不起其他。

傍晚時分，晉安心口又傳來若有似無的疼痛。

有了昨天的經驗，他大概明白了，晝夜交替之際，自己的身體又要起變化了。

白天變成男孩，晚上則恢復為青年的模樣。

晉安強忍著身體裡翻湧的氣息，鑽進被窩裡，脫掉才領回來的衣物。

沒有人管他在做什麼，帳內其他人去用晚膳也沒有叫他。

直到深夜，軍營裡的軍士們在一天的操練後疲憊地歇下了。

晉安身體中的燥熱之氣好似一頭野獸，凶惡地在他心口處嘶吼。和昨夜甚至前夜一樣，渾身難受不已，灼熱之氣不斷蔓延。

黎霜的血味像是深夜叢山峻嶺中的一點火光，隔得那麼遠，也在吸引著他。

他赤腳落在地，裹上薄毯，絲毫未驚動同營帳的士兵，獨自出了營帳。

偌大的軍營，即便有人巡邏，在黑夜的掩護下他依舊來去自如，無人能發現他的行蹤。

黎霜的帳營位置，他只去過一次便記得了……就算記不得路，他也能憑味道找到她的所在之處。

離黎霜的營帳越近，心裡的躁動越被安撫下來。

她帳前的守衛相較前日明顯森嚴許多，這卻難不倒他。小施輕功，晉安輕而易舉地落在營帳頂上，悄無聲息。

沒有任何人發現他，包括營帳內的黎霜。

她在熟睡中，好似還做了夢，偶爾發出一聲輕細的呢喃。

不過多微小的聲音，他都能聽見。

晉安在營帳頂上找到了黎霜睡覺的正上方，他也緩緩躺了下去，隔著營帳，聽著她均勻的呼吸聲，不止安撫了他肉體上的疼痛，還有內心的不安。

好像他是誰，他從哪裡來，這些未知的迷茫，都已經不重要了。

為何會如此依賴她？晉安不知道。

他像是被下了毒，黎霜則是唯一解藥。

他在她的營帳頂上睡了一夜。

清晨破曉，叫醒他的不是陽光，而是營帳內黎霜亂了一拍的呼吸。她打了個哈欠，即將醒來。

晉安則是立刻睜開了眼，雙眸清醒，宛如一夜未曾入眠。

緊接著，心臟猛地一縮，身體裡沒有之前變化時的疼痛，可他知道，自己離變成男孩不遠了。

他自黎霜營帳上躍然離開。

下方守衛的軍士，沒有任何人發現。

倒是營帳內的黎霜睜開眼看了帳內天頂許久，隨即披上了衣服走出了營帳，往頂上望了一眼。

自是空無一人。

「昨夜可有異動？」

「回將軍，並無任何異動。」

黎霜只得點頭作罷。

與晉長安

Yu Jin
Chang An

第三章

晉安開始隨著軍營裡其他少年一起訓練。相較於成年的軍人，他們的任務要輕鬆許多，每天從一些簡單的體能訓練開始，再幫軍士分擔一些雜事即可。

晉安早早做完了伍長安排的訓練，便坐在一旁望著黎霜營帳的方向發呆。腦海裡有一搭沒一搭地想著，今天他還有件事要做——得給晚上變成成人的自己，偷件衣服。

正是閒得無聊之際，背後一道氣息靠近，見狀是要從背後用手臂勒住他的脖子。晉安手肘一曲，向後一擊，正中來襲之人的胸膛，只聽「嗷」的一聲痛呼，身後那人重重摔在地上。

晉安一回頭，看見一張有些熟悉的臉。

那不是別人，正是黎霆。

黎霆向來是坐不住的性子，昨天聽了黎霜與將軍一起討論開會，覺得無聊極了，今天說什麼也不願再去，便擺脫了僕從的跟隨，自己在軍營裡閒晃。

正巧走到軍營這角，看見其他少年兵都在跑步，只有晉安一人坐在角落望著遠方發呆。

他還想著再與晉安切磋一下，便偷偷上前要偷襲他，這一下又是被反擊得不輕，心裡不得不服了。

「你背後長了眼睛不成！」黎霆揉著胸口喘了好一會兒，想坐起身，卻發現胸口疼得有點起不來了，他伸出手道，「拉我一下。」

面對黎霆的使喚，晉安只冷眼看著他，不應他的話，也沒有動作。

黎霆的手便在空中尷尬地伸了許久。

最後他咬咬牙，自己拍拍屁股爬了起來。沒有氣沖沖地走掉，也沒有到處嚷嚷，只是磨蹭著看了晉安許久，有點扭捏地問道：「你挺厲害的嘛，師父是誰？能不能讓他也教教我？」

「不知道。」晉安甩了三個字，繼續坐下望著黎霜的營帳發呆。

黎霆又蹭到晉安身邊，在他旁邊坐下，「那……乾脆你教教我？」

晉安不搭理他。

黎霆打量了晉安一會兒，便隨著他的目光往前一看，見是姐姐營帳的方向，登時眼珠一轉，道：「我從小和我姐姐一起長大，她的事我都知道呢。」

晉安的目光動了動。

「你教我武功的話，有時候我可能就會和你聊聊關於我姐姐的一些事。像她愛吃什麼、喜歡什麼之類的。」

晉安終於看向了黎霆。

黎霆朝他眨了兩下眼，嘴角彎得很好看。

晉安答應了。

待黎霜知道黎霆在隨晉安習武時，已經是十多天後的事了，她簡直哭笑不得。老頭子給黎霆請的是大晉朝最好的武師，他在京城學到一半，跑到塞北來跟著一個孩子學東西。要是讓那位武師知道了，還不羞得一頭撞死在將軍府裡。

正因如此，黎霆也懂事地瞞著所有人。

黎霜之所以會得知此事，是因為黎霆幫晉安出頭，揍了與晉安同營帳的小兵。

看著面前站著的三個半大不小的少年，黎霜揉了揉眉心，二話不說先打黎霆掌心十下。

「知道我為什麼打你嗎？」

黎霆倒也懂事，「我給阿姐拖後腿了，讓阿姐在軍營裡處理這種小事。」

「明白就好。」

要不是對象是黎霆，任何一個將士都能把他們三個教訓一頓。偏偏是黎霆犯了這事，除了黎霜，誰敢罰司馬大元帥的兒子……

黎霜再讓另一個少年伸出手，同樣打了他掌心十下，「知道我為什麼打你嗎？」

少年平時很少見到黎霜，此時已經嚇得面色慘白了，但還是強撐著說道：「因……因為我帶頭排擠新兵，還給他床……灑了水。將軍，我錯了……」

黎霜點頭，「知道就好。」

少年看不慣晉安老是冷冰冰又高高在上的模樣，才在他被子上潑了水。哪知道晉安還沒遭殃，就先被黎霆看見了，說自己欺負他小師父，狠狠揍了自己一頓，現在臉上還是青的。

黎霜提著藤條走到晉安面前，讓他伸出手。晉安看了她一會兒，直到黎霜挑了挑眉，他才乖乖地將手伸出來。

他是故意的。不是怕被打，而是讓黎霜的目光在他身上多停留一會兒。光是這樣，就能讓他感到滿足。

黎霜這邊則是半點不客氣打了他十下，然後問：「知道我為什麼打你嗎？」

「不知道。」

晉安答得太坦然，以致黎霜愣了一會兒才道：「不知道就再把手伸出來。」

於是晉安又挨了十下。

「現在知道了嗎？」

「不知道。」晉安搖頭。

黎霜深吸了一口氣。

一旁的黎霆看不下去了，連忙道：「晉安晉安，你和前輩有矛盾而不知解決，態度高傲，還私底下逃過訓練偷懶教我東西，是有點不對，是有點不對。」黎霆攔住黎霜，「阿姐，他知道錯了。」

黎霆哪能想到，他這邊剛給晉安鋪了個臺階下，晉安就在後面捅了他一刀。

「我和他們沒有矛盾，是他們不喜歡我罷了，與我無關。」

黎霆被捅得咳了兩聲。

晉安也依舊坦然道：「訓練我都做完了，教你東西也沒什麼不對，我真的不知道錯在哪裡。」他抬頭望著黎霜，眸光清澈又平靜，他不是在挑釁，只是在陳述事實，「如果打我手掌能讓妳開心，妳可以繼續打。」他對黎霜道，「能讓妳開心就好。」

不僅黎霆不知道怎麼接話，連黎霜也不知道了。她揉了揉眉心，內心只道現在的孩子真是越來越難帶。

「下次再搞出這種事，我絕不寬貸，知道吧？」見三人點點頭，她擺了擺手，「得了，都出去吧。」

此時，秦瀾掀簾而入，見了三個少年，他只是淡淡瞥了一眼便道：「將軍，鹿城北三十里一小村莊因近來大雪，求鹿城城守派發糧食，城守向我們借兵前去護糧。」

黎霜很快便做出了決定：「城北三十里離這裡不遠，你派三十人，著一兵長帶領前去即可。」

秦瀾領命要走，黎霆卻喊了起來：「我也要去！」他道，「我都待在這裡十幾天了，眼看都要回去了，什麼地方都沒去過，什麼事都沒做過……阿姐，讓我也跟著去護糧嘛，讓我長長見識。」

黎霜一琢磨，想著那地方近，來回時間不長，便也沒再多加阻攔。

「好。隨軍而行，不得亂走，聽兵長指揮。」

「好！」黎霆歡歡喜喜地拽了晉安，「走吧小師父。」發現拽不動人，一轉頭，晉安紋絲不動地站著。

「我不去。」

黎霆愣了愣，「為什麼？」

「我要待在軍營。」晉安看著黎霜，「哪裡也不想去。」

黎霆瞥了瞥嘴，到底是男孩心性，說了句不去拉倒，就歡歡喜喜地出去準備了。

晉安依舊站著沒動，黎霜看了他一會兒，「還有事？」

晉安搖頭。他聽出了她語氣裡的逐客之意，雖然有點不情願，也只得退了出去，在門口撩著門簾看了黎霜許久，才依依不捨地將門簾放下。

待晉安走了一會兒，黎霜才摸著自己的下巴自言自語道：「難道我長得像這孩子的娘……或爹？」

快至傍晚，前去護糧的隊伍還沒回來，黎霜看了看天色，下意識地覺得不對勁起來。

正憂心之際，暸望臺上的軍士忽然來報，鹿城北三十里外的村莊冒出了滾滾濃煙。

黎霜覺得不妙，立即招了羅騰過來，「西戎的兵動了？」

「沒動。」羅騰道，「不過最近探子倒是發現西戎邊境有一幫馬賊蠢蠢欲動。」

「回去披甲，整一千人馬，半柱香後隨我出營向鹿城北三十里。」

當黎霜整軍待發之際，前去護糧的一名軍士跌跌撞撞地跑了回來，跪在黎霜的馬前，磕頭啞聲道：「將軍，西戎馬賊捉走了小公子，要脅交換五千石米糧！」

黎霜聞言，面色寒冷如冰，「馬賊在何處？」

「往北五、六十裡處有一石寨，他們將小公子帶去了那處……」

秦瀾面色也凝重起來，他輕輕踢馬至黎霜身邊，「將軍，賊子既有石寨，怕是不可強攻，米糧尚可補足，小公子卻閃失不得。」

黎霜是大將軍黎威撿來的女兒，黎霆卻是大將軍的嫡子，自小疼愛有加，寄予厚望。若是黎霆出了什麼事，她真的無法和老爺子交代。

黎霜沉凝片刻後道：「今年天寒，缺糧之勢只是初露彌端，若是區區馬賊便可以我大晉公子為質以要脅糧草，這冬日只怕難過至極。黎霆不可出閃失，我朝五千石糧草也不可白白送人。」

「將軍的意思是？」

「挑選十名習過內家功法的人今夜與我同行。」

秦瀾一驚，「將軍——」

黎霜提馬望向西北，眸中光芒似刀，「我親自去把人帶回來。」

與晉長安

Yu Jin
Chang An

第四章

夜色如墨，馬賊的石寨依山而建，宛如嵌在山裡的一顆頑石。

秦瀾挑的人皆是黎霜親衛，他本欲一同前去，卻被黎霜留在長風營中坐鎮。

此時，黎霜領著十名著黑色夜行衣的軍士，潛伏在隔著石寨百丈外的山頭上，借著夜色遮掩，探看寨內情況。

只見遠方石寨中，主堂上燈火通明，然而把守最嚴密的地方，卻是西南角的一處小院。光是門口排著的看守便有五、六人，再加房頂上、走道上的，小小院子裡就派了二十多人。各個精壯幹練，提著虎頭大刀，刃口反射出來的光，隔了這麼遠也依舊耀眼。

黎霜心裡有了底，那處必定是馬賊們關押黎霆的地方。

幾個手勢一比，親衛都明白了她的意思，身影快如疾風，霎時消失在了山頭之上。

行至石寨門口，幾人手腳俐落地將還毫無準備的看門人扭斷了脖子，悄無聲息，甚至連門口的火把也未有波動。

十人分別聽命於黎霜，三人前去大堂聲東擊西，三人潛入伙房縱火燒糧。火光一起，霎時東邊便鬧了起來。黎霜領著剩下四人，在對方尚未搞清楚情況之際直入西南小院。

黎霜在戰場上被人戲稱為玉面閻羅。她雖是女子，該下狠手的時候，一點也不留情。

此時東邊已經燒得火光沖天，黎霜進了院裡徑直一刀了結了迎面而來的賊子性命。刀上染了血，襯著背後的火光，讓她真似地獄來的閻羅一般，看得人膽戰心驚。

她邁步往小院內走，親衛們與撲過來的賊子戰成了一團。黎霜目不斜視，直直走向屋內，手中寒刃攜著殺戮之氣，擋她路者，皆沒有好下場。

行至小屋門前，黎霜一腳踢開屋門。

便在這時，屋門機關觸動，數枝帶著幽藍寒光的毒箭射出。

黎霜眸光一睞，糟糕，躲不掉了！

在她即將被毒箭射傷之際，只覺得腰間一緊，竟撞進了一個灼熱的懷抱裡。

黎霜餘光看見那急速而來的毒箭盡數被打落在地。

什麼人救了她？

黎霜一怔，雙手撐住那人胸膛，想細看那人的容貌，然而她手上剛一用力，卻覺腰間的手臂好似精鋼一般將她腰腹緊緊一勒，她整個人貼在男子的胸膛上，鼻息間充滿了他的男性氣息。

「你！」正在賊子狼窩之中，半分大意不得，黎霜正是要訓斥對方時，忽覺一陣疾風從耳邊呼嘯而來，利箭幾乎貼著她的後腦勺擦過。

若不是男子這一抱，黎霜大概就被利箭穿腦而過了。

他是在救她。

領悟到這點，被冒犯的怒火霎時煙消雲散。黎霜再推男子，他才稍稍鬆了手，但手掌還是輕輕托著她的後腰，讓她處於他的保護範圍之內。

此人似乎是一個占有欲極強的人，雖然黎霜並不知道……他為什麼要占有她……

這位俠士，咱們好像不認識啊。

黎霜抬頭打量他，沒想到卻看見戴了半張黑甲面具的臉，他下頷的輪廓硬朗，頸項上喉結分明，再往下是赤裸的胸膛，渾身肌肉結實，在他的左胸膛上有一條豔麗的火焰條紋，鮮紅似血的條紋一路向上，邁過頸項、下頷，一直延伸到他的面甲之中，讓他的眼瞳也變成了駭人的鮮紅色。

在那一片鮮紅裡，映的都是她的影子。

儘管現在是寒風刺骨的冬日，他的手掌和胸膛依舊熱得燙人，比普通人的體溫不知高出了多少。

這人好生奇怪。

而且……黎霜看了地上斷裂的毒箭一眼，這人是赤手空拳地斬斷這些毒箭的？還是以內息之力？不管是哪一種，此人的武功都不得小覷……

「你是何人？」黎霜肅容問他。

她聲音一出，面前的男子沒有回應，屋內卻傳來一陣含糊的呼救聲，是黎霆的聲音！

黎霜立即轉頭，仔細一聽，是西側房裡發出的動靜。

現在不是把時間耽誤在這個陌生男子身上的時候！

黎霜提了劍，剛要邁步進去，男子卻攔住了她，低沉地道：「別動，等我。」

言罷，他身形一閃，在黎霜都沒反應過來時，入了小屋之中。

黎霜心想，雖然這人救了她，可是他的具體身分未明，哪能確定他對黎霆無害？當即便決定尾隨而去。

入了側房繞過屏風，黎霜便見黎霆被五花大綁在簡陋的床上，向來衣著精緻的少年一臉髒兮兮的，滿是狼狽，眼神充滿惶然與不安。

直到他看見黎霜出現的這一刻，才像是完全放下心來，眼眶一紅，被堵住的嘴裡只能發出「嗚嗚啊啊」的聲音，但足以表現出內心的激動。

黎霜見弟弟沒有缺胳膊少腿，也稍稍放了心。

男子替黎霆鬆了綁，黎霆立刻將自己嘴裡堵著的布拔出來，激動地要下床找黎霜。

沒想到才踏一步，剛喊了一聲「姐」，只聽咔一聲，黎霆與男子所站之地同時陷落！

此處竟然也有陷阱！

黎霜眼睜睜地看著弟弟與那黑甲人一同掉入陷阱中，她瞳孔一縮，立即追上前去，剛到陷阱邊上，黎霆便像是個小玩意兒一樣被拋了上來。

黎霜連忙將他接住。

「帶他先走吧。」

漆黑的陷阱裡傳出的聲音沉穩且安定。

黎霜看不清下面狀況，然而聽這人平靜的聲音，想來就他方才的身手，從這裡脫困應該不是問題。況且比起陌生人，弟弟的安全對她來說才是最重要的。

權衡利弊之下，黎霜拽著黎霆，將他拖出了屋子。

走到了屋外，院裡士兵們已快將看守的馬賊剿除乾淨，然而東邊去滅火的馬賊們此時已經發現了狀況不對，正集結勢力前來。

黎霜一個手勢，下令要撤，其中一個軍士摸出竹管往空中一拉，閃亮的紅色信號發了出去，在寒夜中炸了開來。

黎霆被這道耀眼的光給亮得清醒過來，他拽著黎霜的手，喊道：「姐！剛才那陷阱下面全是尖刃，那個大哥為救我了受傷，我……我不知道他要怎麼樣上來……」

黎霜聞言，目光一沉，看著面前漸漸聚攏的四名軍士，又往後望了一眼，然後一把將黎霆推到了其中一個軍士手裡，「帶他回去。」

軍士對黎霜的命令是絕對服從，立即應聲：「得令！」

黎霆怕得雙眼含了淚，大喊：「姐，那妳……」

「出息！」黎霜瞪了黎霆一眼，冷冷道，「我回去再教訓你。」言罷，她再次轉身入了小屋之中，任由黎霆被軍士們護著離開。

她相信自己手下軍士的能力，他們一定能帶黎霆安然回到長風營。然而這落在陷阱裡面的神祕人，雖然來歷不明，卻先是救了她，再是救了黎霆，他們將軍府的子女，不能做忘恩負義之人。

黎霜隨手摘了牆邊的一個火把，舉著回了小屋內，行至陷阱旁，黎霜喊了一聲：「還活著嗎？」

裡面默了一瞬，隨即傳來一聲：「嗯。」

「注意躲著火把！」黎霜說完，一把將火把丟進了陷阱裡。

火光落下，將如深井一般的黑暗陷阱照亮，黎霜終於看清了下面狀況。整個陷阱足足有地底四、五丈深，如漏斗般，底部全無立足之地，插滿了刃尖，如虎口巨齒，陷阱兩旁也全是尖刃，若是普通人落了進去，必無生還之機。

那名帶著面甲的男子正用左手抓住崖壁上的一個尖刃，他的手掌被尖刃割破，有血留出，然而這並不算什麼，真正嚴重的是他無力垂下的右手，在他後背右肩胛骨處，皮開肉綻，傷口上還有點泛烏，想來是刃上有毒。

依他的身手，照理說不該受傷，應是將黎霆丟上來時傷的。

黎霜抿了下唇，替黎霆道了聲歉：「對不住，我弟弟方才過於驚慌，累你受傷了。」

單手握著尖刃的男子只是仰頭看著她，火光在地底跳躍，映入他黑面甲後的紅色眼瞳裡，有種邪異的美。

明明情況危險且窘迫，他卻半點不著急，只定定地望著黎霜，眸光單純，好像看著她就很滿足了。

「無妨。」

黎霜沒再多言，時間緊迫，她一轉身，將旁邊床上的被子撕了開來，擰成一股繩，往床柱上一繫，放到陷阱裡去。

「撐住，我來救你！」

那人沒有說話，只是看著黎霜拽著繩子跳了下來，避過兩邊的刀刃，來到了他的身邊。

在漸漸變得狹隘的陷阱裡，兩人被兩側的尖刃指著，在危險當中貼著彼此而立。

與晉長安

Yu Jin
Chang An

第五章

黎霜一手握著繩子，一手試圖將繩子繞過男子的腰，想將他綁好了再帶上去，然而用單手實在難以達成。

黎霜有點氣急，連忙道：「你那隻手稍微動一下，幫我把繩子繞過來，我好帶你上去。」

男子沒動。

黎霜一抬頭，正要斥他，卻發現男子竟溫柔如水地盯著她。他眼神中飽含的情意，讓黎霜都以為自己是不是在塞外有過情人了。

然而，對他這樣的目光，黎霜只想說一句話——

「看什麼看！不想上去了嗎！」

這是盯著人看的時候嗎！也不知道輕重緩急！

黎霜斥了他這麼一句，男子也沒生氣，一本正經地「哦」了一聲，然後用受傷的手將她腰一攬，蠻橫且霸道地環抱了她。

黎霜一愣，「你這是做什麼？」

「帶妳上去。」

他話音一落，左手一鬆，轉而抓住黎霜放下來的繩子，腳下在幾個刃口上借力一點，抱著黎霜，踏上尖刃，三兩下便出了陷阱，回到平地之上。

黎霜不過眨了個眼，便從陷阱裡出來了，可男子並沒有放開她，還是將她抱著。

被一個陌生男子緊摟著，黎霜覺得很不自在，立即雙手在他胸膛上一推，從他懷裡退了出來。

「你自己可以出來？」她皺起眉問。

男子點了點頭，「刃上有毒，剛才需要點時間調理內息。」

黎霜聞言一愣，是她白擔心了……

下一刻，外間屋子傳來了馬賊破門而入的聲音，聽這嘈雜的腳步聲，黎霜心道或許有幾十個人，她肅起面容，緊緊握住腰間刀刃，準備迎戰。

就在動手前，男子卻一把將她打橫抱起，身形快如閃電，直接破窗而出。

黎霜只見周圍場景快得幾乎成了流影，只有抱著她的這人成了永遠定格的存在。

待四周風景變得清晰時，黎霜已經被人放到了馬背上，身後男子翻身而上，帶著她破開石寨大門，大搖大擺地駕馬而去，任由石寨內的馬賊一陣慌亂。

塞外的夜寒風颳肉削骨，混著鵝毛大雪，周遭一切顯得荒蕪又蒼涼。

黎霜早已經適應了這樣乾燥凜冽的氣候，在塞外三年，她經歷過的戰役，少說也有數十次，在寒夜裡埋伏偷襲、在烈日曝曬下抵禦外敵……不管環境多麼艱難，她向來獨自馭馬而行。

她是長風營的將軍，也是大晉在邊關的榮譽象徵，她的背脊不容許有一點彎曲，她的意志也由不得她說軟弱。

是以像現在這樣坐在某人身前，被男性氣息包圍著，對黎霜來說倒是……第一次。

在大雪中，兩人一騎，於塞外蕭索中策馬而行，一路不知奔去了多遠，行至一處山崖上，從馬賊那裡劫來的馬終於跑不動了，邊吐白沫邊慢了下來。

從此處遙遙望去，已經能看見遠方長風營的影子。

男子下了馬，伸手接黎霜下來。

黎霜並沒有下來，只是定定地看著他道：「你知道我是誰。」

這是一個肯定句。

自己從來沒主動告知身分，今天也一直穿著夜行衣，男子什麼都沒問，就逕自帶她往長風營的方向走，顯然他是知道她身分的。

男子不答話，手依舊伸在空中。

直到黎霜自己翻身下馬，站在了另外一邊，他才微微斂了目光，將手收回。

「你到底是什麼人？」她眯起眼，滿是戒備地再次問道，「你如何知曉我的身分？如何知曉我的行蹤？為何要前來助我？」

這幾個問題問得那麼冷靜且犀利，但卻像是石沉大海了一樣，沒有得到回應。

黎霜眉頭緊皺，倏爾拔劍出鞘，直指他的咽喉，「你不答話，我便將你押會長風營，慢慢審。」這次救黎霆的行動是事出突然，照理說除了她的心腹，誰都不該知道這個消息，卻被眼前的神祕男子看穿了。

事關軍機，黎霜不能因為對方救了自己，看起來沒有惡意，就輕易放走。

她是這樣想的。

然而當她的劍刃指著對方咽喉時，她卻看見男子冷硬黑色面甲後的雙眼，好似流露出幾分受傷的神色。

被自己當敵人對待……讓他感到很難過？

黎霜有點愣，這個人……到底怎麼回事，搞得她像是什麼薄情負心漢似的……

就在她愣住時，男子倏爾上前一步，咽喉眼看著便要抵上她的劍刃，黎霜並不是真打算殺他，於是下意識地把劍刃往旁邊一偏，避免刺傷他。

這個舉動讓男子更加得寸進尺地又近了一步，他一伸手，灼熱的手掌再次貼上了黎霜的後背，而此時黎霜要回手再用劍擋開他，卻被他下一個舉動嚇呆了。

他竟然撐住她的後腦勺，絲毫不講道理，也不給黎霜準備的一口咬上了她的唇……

就這麼突兀地……吻了她！

唇瓣相接，她從未與人如此近距離接觸過，黎霜瞪大了眼，什麼外家武功內家心法此時盡數忘了個乾淨。

而男子觸到她的氣息，卻像是久旱逢甘霖一樣，近乎貪婪地吮吸著她的味道，破開她的唇瓣，闖進她的唇齒之間。像是要吃掉她，又像是要侵占她。

黎霜站在短暫片刻的怔愣失神之後，終於陡然反應過來。

這個登徒子！

黎霜怒從心頭起，一拳狠揍在男子的腰腹上，沒有半點留情。

男子一聲悶哼，顯然是被揍疼了。他腰腹一彎，卻依舊沒有放開黎霜，像是極度不捨一樣，貪戀著與她的接觸。

就在黎霜決定下狠手之際，天邊的雲彩倏爾一亮，看來即將破曉。

只見男子渾身一僵，像是在隱忍什麼疼痛一樣，瞬間放開了黎霜，連退好幾步。

黎霜持劍喝他：「休想逃走！」

話音未落，男子已從山頭一躍而下。黎霜瞳孔一縮，上前幾步去尋找男子，卻早已不見他蹤影。

就這樣，如來時一樣突然地消失在，沒留下隻字片語和線索。

黎霜立於山頭之上，遙望著天盡頭的陽光，狠狠地把手中劍擲於大地之中，捂住嘴，恨得咬牙切齒。

「混帳東西！」

黎霜回到軍營時已是天色大亮，她身影剛出現在軍營外，瞭望臺上的將士便立即稟報了上去，被黎霜留下來處理營中事的秦瀾駕馬趕了去。

行至黎霜身邊，秦瀾翻身下馬，目光緊盯著她，打量了許久，見她無礙，這才似放下心來。

「將軍。」他畢恭畢敬地行了個禮，喚道，「將軍勞累，先上馬吧。」

黎霜確實走累了，沒和秦瀾客氣，上了馬背，任由秦瀾在她身側牽著馬而行。

「黎霆回來了？」她問。

「嗯，軍醫已經看過了，小公子只是受到些驚嚇，並無大礙。」

黎霜嘆了口氣：「阿爹說得對，黎霆這性子看著厲害，卻被養得太嬌氣了，需得磨練。」

秦瀾應了一聲，「小公子到底年歲未到，將軍莫要太過苛責他了。」秦瀾頓了頓，微微側眸看了一眼馬背上的黎霜，沉思之後，輕聲問道，「屬下聽小公子說，昨晚在馬賊石寨，有一戴著黑面甲的神祕人前來相助，將軍……」

黎霜聽到這人，憶起方才山頭上的那一幕，心頭又羞又惱。但她的情緒哪能在將士面前表露出來呢，只冷著一張臉，打斷了秦瀾的話。

「別提了。」

秦瀾聞言，怔然抬頭望了黎霜一眼，但見她面色不豫，便垂下眼眸，低聲應：「是。」

他的身分，是沒資格對黎霜多說什麼的，連過多的追問都是逾越。

入了軍營，眾將士一擁而上，黎霆也穿著厚厚的狐裘從營帳裡跑了出來。一見黎霜，他登時眼眶一紅，迎面撲進了黎霜的懷裡。

「阿姐！」

黎霜被弟弟一抱，饒是心腸硬，此刻也不由得軟了一瞬。黎霆到底是她愛護著長大的弟弟，而且這次讓他隨軍士護糧，到底也是她的決策過錯，怪不得他。

黎霜嘆了口氣，拉開黎霆道：「先回去吧。」然後抬頭便命人喚了羅騰和其他幾位副將過來。

黎霆被將軍府的老僕護著往營帳裡走，他邊走邊回頭偷看黎霜，只見她已經在對其他幾位趕來的副將下令了。

「昨夜去的人少，尚未剿除馬賊，今日再無顧忌，點兵三千，給我拆了那賊窩！」

黎霜神色肅殺，滿眼冰涼，「手段要狠，讓其他人馬和西都看看，招惹我大晉是什麼下場！」

手段要狠就意味著，黎霜要他們不留活口。

黎霆望著黎霜，直至此刻才明白，京中那些人背地裡說阿姐是虎狼之女，原來半點也不誇張。

為國而戰者，以國為重，施以計，用以謀。殺戮、血腥都是稀鬆平常。

正因為有她這樣的人駐守邊疆，所以晉朝百姓才可安居樂業，他也才有資格在京城中與宰相家的公子爭執如何玩小糖人。

在家中，阿爹常說他不如姐姐，黎霆聽了只道是自己年紀沒到，現在他卻真的發現，他和阿姐差得很遠，遠得好像根本不在一個世界……

黎霆咬了咬牙，沉默地回到了營帳內。

與晉長安

Yu Jin
Chang An

第六章

黎霜這方安排了事宜，再與幾個將領定下了突襲石寨的具體方法後，便任秦瀾為主統領去處理圍剿一事。

長風營的實力黎霜知道，根本不擔心拿不下那個小小的寨子。她回了營帳內，處理了些許軍中日常，再寫了信告知黎霆的事，託人送回京中，報於阿爹知曉。

忙完一切，時間便到了傍晚，黎霜揉著肩膀往床上一倒。一整天未睡，黎霜此刻累極了，閉上眼便沉沉睡去。

她本以為自己會一覺無夢，然而卻不知道是為何，自閉上眼的那一刻起，她就開始不停地做夢。

夢裡一直有個男子，赤裸著上半身，帶著黑甲面具，靜靜地站在滿是風雪的山頭，用灼熱的身軀擁抱著她，再用他的唇摩擦著她的額頭、臉頰和嘴唇。

夢裡的自己想掙扎，她卻一直站在他的懷裡，沒能走出去。

直到夢中男子吻上她的頸項，即將拉開她衣襟之際，黎霜陡然驚醒。

睜眼的一瞬，時間已到夜半，長風營中一片安靜，因她睡著，無人來打擾，營帳之內連燭火也未點燃，身邊的漆黑清冷更襯得方才夢中火熱，她睜著眼發了好一會兒呆，才抬手捂住自己的臉。

狠狠地嘆了一聲氣，她竟然……做了這樣的夢。

真是……

寂寞了。

然而等她坐起身來要喝點水時，卻發現身上的衾被真的開了一點，衣襟也微微敞開。

黎霜有點愣神，她竟然在夢裡，把自己的衣服扒開了嗎……

她覺得不太對勁，掀開門口厚簾，走出了營帳。

門外值守的軍士是今年才入的新兵，正在撐著槍打瞌睡，但黎霜掀簾而出的同時，軍士就驚醒了，立馬站直了身體，給黎霜行了個禮。

「將軍！」

黎霜看了他一眼，「方才我營中可有來人？」

軍士一愣，看著黎霜道：「回將軍，並未有人前來主營。」

再厲害的人，也不可能不驚動門口的軍士，直入營內吧。那果然……就是她在做夢了。

黎霜沒再多說，回了帳內。

坐在床榻上，她深深地嘆了一口氣，心想要不然下次回京，乾脆真的讓阿爹給她張羅一門親事算了。她這是在塞北寒冬裡，忍耐不住地迎來了生命的春天啦……

翌日清晨，黎霜再出營帳時，收到了羅騰帶來的消息——秦瀾成功帶隊剿滅馬賊。

黎霜覺得滿意的同時，轉念又想到了那個在石寨中遇到的神祕男子，對於他知道自己行蹤的事，還是放不下心來。她將昨天的細節再回憶了一下，忽然想起他左胸膛那個蔓延到眼角的紅色條紋。

和那個紋身類似的圖案，她似乎在哪裡見到過。

她摸著下巴想了一會兒，倏地眼睛一亮，「那個小兵晉安呢？」她轉頭問羅騰，「現在在哪兒？」

羅騰被這樣一問，倒顯得有點茫然，「那小子約莫和其他小兵崽子一起訓練著呢，將軍突然問他做什麼？」

黎霜想了想，道：「領我去看看。」

羅騰帶著黎霜來到了訓練新兵之處，小小的晉安果然跟著幾個稍大一點的孩子在進行體能訓練，正圍著訓練場跑步。

也不知跑多久了，前面幾個孩子已經累得滿頭大汗，晉安卻仍面不改色地跟在後頭，幾個男孩都光著膀子，只有他還穿著一層單衣，甚至衣服都沒有被汗浸透。

不是內息渾厚的人，做不到如此。

「那個……晉安！」羅騰高聲喚了一句，朝他招招手，「過來，將軍要見你。」

其實在被叫喚之前，晉安的目光就已經落在了黎霜身上。待羅騰一喊，晉安立刻就跑了過來，往黎霜面前一站，目光再也不往旁邊看了。

看著他的眼神，黎霜覺得無奈又好笑，蹲下身，直視著晉安，問他：「我是不是和你娘親長得很像啊？」

晉安一愣，搖頭。

「那你怎麼每次都這般盯著我？」

晉安想了一會兒，答了一句：「因為妳是特別的。」

這好像是晉安第二次對她說這句話了。

黎霜心裡只將這話理解成，是她把他從荒原裡救回來，所以他就懷著感恩的心，認定她了吧。

黎霜伸手揉了揉晉安的腦袋。

被她撫摸頭，好似是一件非常舒服的事，晉安微微瞇起了眼，他很喜歡她的觸碰。

可黎霜只揉了一會兒就收回了手，他瞅了眼黎霜的手，嘴角抿了一下，像是按捺住了觸碰她的衝動。

黎霜問他：「你胸膛上是不是有個紅色印記？那天帶你回來時，我記得有看到。」

晉安也不避諱地點了頭，「妳要看？」

「嗯。」黎霜頓了頓，「不能看嗎？」

「我身上的，妳都可以看。」

黎霜聞言，一時語塞。

倒是旁邊的羅騰喊了出來：「臭小子又耍流氓！誰讓你這麼跟將軍說話的！」

「得了得了。」黎霜連忙擺手。

本來覺得看一看男孩的胸膛沒什麼大不了，聽晉安這麼一說，倒讓她有點不好意思了。她把晉安帶到一個空的營帳中，讓他自己褪了上衣。

黎霜將赤裸著半身的晉安拉著轉了一圈，只見他左邊胸膛上有一個火焰的痕跡外，其他地方都和其他孩子一樣稚嫩，甚至比在京中長大的黎霆還細皮嫩肉。

他身上一點傷也沒有，黎霜不由想到了那日將他撿回之時，晉安一身襤褸，衣裳盡數被鮮血浸濕；現在看來，當時他身上的血，應該都是別人的，要不然流那麼多血的傷口，不可能在短時間內癒合，更別說不留痕跡了。

黎霜的目光最終停在了他心口的紋身上，她伸出指尖摸了摸，觸到那紅色印記的時候，她只覺他渾身一顫。

黎霜收了手，「會痛？」

晉安搖了搖頭。他不痛，只是覺得黎霜的指尖上有力量，輕輕一觸，就足以讓他開心得產生戰慄感。

他看見黎霜又抬起了手，指尖在他心口的印記上遊走。

晉安垂下目光，眸色輕柔，他喜歡黎霜的觸碰。

她的指尖上像是有一道陽光，能驅逐他心頭所有陰霾與寒冷。

黎霜卻看不見晉安的內心，她只在他胸口印記上摩挲了一會兒，並沒有發現其他觸感，她問他：「這個印記是怎麼來的，你還記得嗎？」

她的指尖離開，晉安心頭有掩蓋不住的失落，但還是乖乖回答了：「記不得了。」

他什麼都記不得了，名字、來歷、過去、他會變成這樣的原因。他記憶中最早的時間，就是在寒夜林間，渾身是血地奔跑，滿嘴血腥，一身冰涼。

果然。黎霜心道，如果這孩子沒有說謊，那他就是真的失去了記憶，而他胸膛上的這個印記與昨天那個黑甲神祕人身上的紋路幾乎如出一轍。看來要想知道那人的身分，只有自己查了。

黎霜讓晉安穿好了衣裳，自己回去訓練，她轉身要出營帳，衣角被拽住了。

黎霜回頭，看他，「怎麼了？」

「可以讓我跟著妳嗎？」

這句話來得突兀，黎霜琢磨了片刻，「你還小，得先和兵長練好基本才行。」

「我都會。」他望著黎霜，平時沒什麼情緒的目光裡寫滿了渴求，甚至帶了點可憐的味道，「我可以保護妳。」

黎霜聞言失笑。本想拒絕，但心裡念頭一轉，沉思片刻後，竟是點了頭。

「也行。」

聽到這兩個字，晉安不抱什麼希望的目光陡然亮了起來，「妳同意了？」

「嗯。」黎霜點頭，「回頭我吩咐下去，從今天起，你就是我的親衛之一。你今日且回去收拾一下行囊，明日起便住進親衛的營帳中去吧，左右你與你帳內的前輩也鬧了矛盾，再住下去也是尷尬。」

晉安聞言，點點頭，這是離開黎霜離開得最爽快的一次。

看著晉安走了，黎霜沉吟著喚來了秦瀾。

她身邊的十二名親衛皆是她從將軍府帶出來的人，人人技藝高超、忠心耿耿，秦瀾便是其中之一，同時也是親衛長。只是多年以來，他也做黎霜的副將，漸漸的，親衛長這個身分，倒是不太提及了。

聽了黎霜的安排，秦瀾一愣，「那個孩子……」

黎霜知道秦瀾必定有意見，她直言道：「前日我著十人與我一同去馬賊石寨，臨時起意的行動，軍營外的人不可能知曉我的行蹤。」

秦瀾眸光一肅，「將軍是懷疑……那孩子與神祕人有關？」

黎霜點頭，「雖還不知道那人到底有何意圖，也不確定是不是晉安將消息告訴那黑甲人的，但光從他們胸口上的印記和不畏寒的特質來看，二者間或許確有關聯。」

「胸膛？」秦瀾重複了這兩個字。

黎霜陡然反應過來，也是……塞外大寒天的，她是怎麼看見人家胸膛的……

她連忙咳嗽了一聲，「咳，總之，先將晉安控制在你的眼下，好過放在少年兵那裡讓他自由發揮。親衛營中皆是好手，不用擔心制不住他。」

聽黎霜轉換了話題，秦瀾也只得暗自緊了拳頭，垂頭應是。

「至於其他……」黎霜琢磨了一會兒，「本來覺得一個男孩的來歷不需要查，現下看來，不查不行了。」

黎霜心想，若胸膛心口處有紅色火焰紋和不懼寒這種特質不止出現在一個人身上，那就意味著，塞北地區或許還存在著一個她不知道的族群或部落，而且他們對長風營的事，還很瞭解……

黎霜下令：「今日下午軍中無事，著三名軍士與我隨行，去探探找到晉安的那個地方。」她瞇眼望著遠方，「我記得那背後有個樹林，在那日前一夜，還有不小的動靜。」

「是。」

午後，黎霜帶上了羅騰與另外兩名親衛，正打算離開長風營時，晉安抱著被子和他少得可憐的行禮攔到了黎霜面前。

「妳要出營嗎？」他緊緊地盯著她。

黎霜還沒答話，已經騎在了馬背上的羅騰便斥了他一句：「沒規矩！將軍去哪兒還得跟你稟告嗎！」

晉安只定定地看著黎霜，直到黎霜開口說：「去營外巡邏，天黑就回。」他才收回目光，有些失落地垂下頭。

黎霜身邊都是三大五粗的漢子，她是他們的將軍，平日裡與他們相處多半也是命令加威懾，何曾被人這般依賴過。即便是黎霆，偶爾對她撒嬌也斷不會是這般委屈可憐的模樣。

黎霜看著這樣的晉安，一時竟有幾分心軟，她摸了摸他的頭，溫聲道：「先去做好你自己的事。」

晉安只有點頭，看著黎霜翻身上馬，英姿颯爽，即便不喜歡她離開，他還是會為她的身影而失神。

一路打馬而行，黎霜一馬當先，直入當初發現晉安的地方。荒地之上，當初的一大片血跡，如今已被風沙掩蓋，只留有一點點痕跡證明當日晉安確實在這裡倒下過。

黎霜抬頭一望，眼前是一片荒林，林中樹葉幾乎都凋零了，可因為樹木眾多，望進去還是有股陰森感。馬匹無法走進樹林裡。黎霜便命幾人將馬套在外面的樹幹上，領著幾人順著被折斷的樹枝，往裡面尋找著晉安當日從樹林中出來的路徑。

羅騰平時為人狂放，可在尋蹤探跡之上卻頗有心得，一路往密林中越走越深，他的眉頭越皺越緊，直到行至密林深處，看著一片狼藉的樹林，感慨道：「去你老子的，將軍……這並不像是一個男孩能弄出來的動靜啊！」

眼前方圓十丈之內樹幹摧折、大石碎裂，在一片雜亂枯枝覆蓋下，竟隱隱能見森白人骨！

黎霜正在探看那被野獸舔食乾淨的人骨，只聽身後親衛一喊：「將軍，此處有一地室入口！」

黎霜行至親衛所指方向，只見在石塊與斷枝的遮掩下，有一處階梯向地下而去，內裡漆黑一片，什麼也看不見，只是隱隱飄出一股腐敗之味，令人聞之欲嘔。

階梯上血跡斑斑，混著這味道，看得人頭皮發麻。

與晉長安

Yu Jin
Chang An

第七章

「將軍，要進去嗎？」羅騰問。

黎霜沉著面色，「掩好口鼻，進去探探。」

她下了令，幾人用布捂住了嘴，羅騰打頭，點了火把，先在入口照了照，才一步一階梯地慢慢踏下。

地室比想像中還深，入地兩丈許，全無光線，只有羅騰的火把能照亮四周，越是往下，腥臭腐爛的味道越是大，好在幾人都是戰場老手，倒也習慣這些味道了。

終於，行至階梯盡頭，來到一個長三丈寬十來丈的地室，眼前景象可謂觸目驚心。地室以鐵欄圍出了一個地牢，地牢大門破開，鐵欄彎曲，像是被什麼野獸撞擊過一般。地牢之中，遍地乾涸的血跡，有的屍骨尚在腐爛，有的卻已經七零八落地散成一根根枯骨。

晃眼一看，頓時難以分清此處到底有幾人。

黎霜幾人踏入地牢，羅騰正待向前，黎霜拉了他一把，「等等，裡面有動靜。」話音剛落，只見火光沒照到的陰暗處一雙幽綠色的眼一閃而過，四周響起了狼的低吼聲。

火把照過去，只見在地牢欄杆外的屍骨邊，一堆野狼正在咬食屍體，破碎的肉屑與內臟看得羅騰幾欲乾嘔。

黎霜看了那群野狼一眼，認出最大一隻的狼王，腳下一動，踢了塊小石子過去，狠狠打在狼鼻子上。狼王吃痛，嗚咽一聲，轉身從地牢另一邊的地洞裡鑽出去，跑了，其他的狼也隨後逃走。

「格老子的……」羅騰乾嘔出來，「這些狼都聞不到臭嗎，這樣的也能吃。」

見狼跑了，幾人道是地牢再無它物，卻哪想，正在黎霜接過火把，要往地牢中間走時，忽然間一股陰風颳來，攜著惡臭撲向黎霜，身後親衛大喊出聲。

「將軍小心！」

黎霜拿著火把堪堪擋住了迎面撲來的這一人。

此人黑髮覆面，一身襤褸，力氣卻大得詭異，「啊……有他的味道……」竟是個蒼老婦的聲音。

黎霜正在驚詫之際，用來擋住攻擊的火把竟被老婦一把打飛。

好在火把未曾熄滅，從側面照在老婦的臉上。

黎霜看見，在那凌亂的黑髮之後，是一張滿是皺紋的臉，皺紋之中甚至還夾著血污，臉頰脖子上隱隱有腐爛的跡象，但就是如此骯髒醜陋的一個老人，她身上衣飾卻是最華貴的。

這老婦到底什麼來頭……方才進地牢時，完全沒有發現她的存在，武功竟高到如此地步嗎？

黎霜正想著，老婦卻突然出手，意圖掐住她的脖子，黎霜一擋，從斜裡躲過。地上的火把火光漸熄，地牢漸漸變暗。

黎霜視線受阻，動作變慢，老婦卻絲毫不受影響。

不行，在這麼狹窄的空間中，必定鬥不過這老婦……黎霜才想到一半，斜裡忽然穿出一把大刀，直直插入老婦腰側，大刀拔出，老婦動作停頓。

黎霜趁此機會，一腳踢開老婦，大喝一聲：「上去！」便領著幾人衝上階梯。

重見天日，擺脫了濃郁的惡臭，幾人未來得及喘氣，就發現老婦跟了出來。

老婦誰都不看，只盯著黎霜，撲上前來便要去掐她脖子，這次被兩名親衛堪堪擋住，老婦一雙眼睛全是渾濁的黑色，猶如野獸。

「他在哪裡？」她問，「把他交出來！把他交給我！」她身側被羅騰大刀砍出的傷口沒留半點血，場面詭異得讓人發怵。

「這到底是何方妖婦！」羅騰粗聲問著，「挨老子那麼大一刀，還活蹦亂跳的！」

正是僵持之際，忽然間老婦動作一頓，兩名親衛揮刀而下，一左一右砍在她的肩頭上，然而那般鋒利的大刀，卻彷彿砍在鋼鐵上，傷不了婦人分毫。

老婦的鼻子微微動了動，「聞到了……」

她說完這話，再不糾纏，身影一動，立即往樹林外奔去。

黎霜目光一凝，「追！」

幾人使了輕功，一路追隨，仍落後老婦一大段距離。待終於衝出了樹林，只聽一聲馬兒嘶鳴，黎霜眺目一看，老婦搶了他們拴在樹林之外的軍馬，揚長而去，卻是往……長風營的方向！

黎霜不敢耽擱，吩咐一名親衛留守原地，與另外三人打馬追去。

一路疾行，追至長風營外，隔著數十丈遠，黎霜便聽見了此時的長風營中有雜亂的吼聲傳了出來。

傷而不死，武功高強，力量驚人的老婦，想必已經衝了進去，造成不小的慌亂。

黎霜在腦海裡細細思索，這老婦到底意欲何為，難道……她要找的，是晉安？

駕馬衝入長風營營門，黎霜並未停下，直衝向親衛營帳內。

快到親衛營時，果不其然，軍士們拿了刀劍團團包圍著那衣衫襤褸、形容可怖的老婦。

老婦鼻子一直不停地動著：「你在哪兒，你在哪兒……」她嘴裡念念有詞，軍士們則隨著她的腳步移動。

「將軍！」一聲呼喊從身後傳來，黎霜轉頭一看，見秦瀾追了過來，「將軍，此老婦方才闖……」

「我知道。」黎霜問，「晉安呢？」

秦瀾一愣，「理當在營內……」

話音未落，那老婦咧嘴一笑，大喊：「我找到你了！」

黎霜眼見不妙，趕緊示意軍士上前攻擊。

周圍軍士立即圍了上去，刀槍直向她而去，有的刺到了她，有的則是砍在她身上，但所有攻擊對她來說好似不痛不癢，反倒更加惹怒了她。

她混沌的眼睛一厲，抬起手，將所有刺傷前來的刀槍一攬，只聽一聲大喝，十多名軍士竟被她生生甩了出去，撞出一片哀號聲。

她腳步不停，撕了親衛營的門帳便要進去。

就在這時，門簾剛一撕開，一個男孩卻正巧站在門口，老婦盯著他，笑得詭異。

「我找到你了。」

晉安亦是望著她，表情一如往常地淡漠，只是添了幾分困惑。

老婦伸手，勒住了晉安的脖子。

晉安怔怔地被抓住，直到黎霜忽然喊了一句「晉安」，他似乎才回過神來。

老婦手上用力，欲將晉安的脖子捏碎，晉安卻是一個旋身，一個後空翻，掙脫她手掌之際，還在她心口處狠狠踢了一腳。

老婦狼狽地退了幾步，緊接著眼神一狠，閃身上前，「你是我的，我死也要帶你走！」說完這話，她撲上前去，手往晉安臉上一挖，晉安險險一避，可還是被她弄傷了臉。

老婦招招致命，一副要殺了晉安的模樣，晉安且攻且守，兩人動靜之大，沒一會兒便徑直將親衛營的營帳掀了。

兩人間的過招接暴露在了眾人面前。

連這幾天聽話許多的黎霆，都實在忍不住好奇，掀開門，往外面看了一眼，而這遠遠一看，便讓黎霆驚呆了去。

「我小師父……好生厲害……」

不止是他，在場的軍士及將領們都看呆了。幾個將軍都知道黎霜撿回來的男孩不簡單，可從沒想過，區區一個幾歲大的孩子，身手竟如此敏捷，內力渾厚。

看老婦招招致命的攻擊，在場的除了黎霜，怕是也沒幾人能同他一般，與老婦戰成這般局面。

羅騰已經下了馬，立在黎霜身邊，望著晉安，隨即摸了摸脖子，「大爺的……這小屁孩搞不好真能殺了老子……」

黎霜卻不動聲色，只吩咐了一句：「拿我的弓來。」

身旁軍士聽令，立即取來了黎霜的弓，呈給了她。

黎霜拉弓直指老婦心口。

在其他軍士們口瞪目呆地看著兩人打鬥時，黎霜便開始觀察了。其他人打在老婦身上任何地方，她都沒有痛感，即便被羅騰的大刀從腰側穿過，她也不過是停頓了片刻而已，但方才晉安一腳踢在她心口處時，她卻連連退了三步。

心臟，必定是她的弱點。

黎霜坐在馬背上，凝神屏氣，弓箭被她拉開，她靜待時機，待老婦背向她的時候，黎霜鬆開弓弦，羽箭破空而去，直直穿入老婦後背。

箭尖所去角度，正好能貫穿她的心臟，然而黎霜這只箭確實正中老婦的後背，但卻被堪堪卡在了她後背兩塊骨頭間，並沒有穿過身體。

此舉卻惹怒了老婦，她驀地一扭頭，手臂以一個詭異的角度扭到後背，將那箭拔下，狠狠地像晉安擲去。

晉安向後一跳，落在營帳房頂上，避過了羽箭，殊不知這竟是老婦的聲東擊西之計。

「妳搶了我的東西！」她含糊地說了一句，當即朝黎霜攻擊。

秦瀾與羅騰登時大驚，立即護於黎霜身前，「快保護將軍！」言語都未傳到其他人的耳朵裡，老婦的身影快得如憑空消失一樣，等再出現之時，黎霜已經被從馬背上打了下來！老婦單手掐住她的脖子，將她死死地壓在地上。

眾人忙著關注與黎霜那方，沒人注意到營帳房頂之上的晉安，在見到這一幕時，瞳孔猛地緊縮，心口處的印記蔓延出來，邁過頸項爬上他的臉頰，直至眼尾，隨即染紅了他的雙眼。

與晉長安

Yu Jin
Chang An

第八章

黎霜被老婦壓在地上，她奮力掙扎，只覺婦人的手腕似鐵臂，竟是力道又更大了一些。

羅騰見狀，提起大刀狠狠斬向老婦的頸項，而刀刃落在婦人脖子上，只聽喀一聲，卻是大刀彎了。

「心……」黎霜艱難地吐出這個字。

秦瀾立即拿劍刺向老婦的背，劍刃卻全然刺不進去。

老婦一轉頭，全黑的眼睛沒有半點眼白，她一身嘶吼，一抬手，卻是一股陰風起，將圍著一圈的軍士都盡數揮開。

黎霜此時已經頭暈腦脹、臉泛青紫。

忽然間，只聽噗一聲，老婦的力量小了下去，她就這樣睜著眼，一臉不甘地倒了下去，沒了動靜。

老婦倒下後，黎霜在迷濛之中抬眼望去，只見身邊站著一個人，竟是晉安……

只是他現在雙目赤紅，渾身殺氣凜然，手握著一顆惡臭的心臟。他手掌一用力，徑直將那心臟捏碎了去，腥臭的血液濺在他與黎霜的臉上，讓黎霜的神智稍稍恢復了些。

晉安將手上已成一坨爛肉的心臟丟在了地上。

黎霜坐起身，忍著脖子上的疼痛，嗓音破碎地喚了一聲：「晉安？」

晉安抬頭看她，見她性命無恙，於是周身殺氣漸消，眼中腥紅也慢慢消失，臉上紅印不見蹤影，終是恢復了平時的樣子。

他看了看黎霜臉上被濺到的血液，再看看自己滿是血跡的右手，決定改伸出左手，幫她把臉上的血跡抹掉。

他看著她，目光平淡，好似剛才只是打死了一隻蚊子，而不是徒手殺了一個刀槍不入的、其他人都沒有辦法的……怪物。

「沒事了。」他說，「她起不來了。」

四周一片靜默，無人說話。

晉安垂下目光，看見了黎霜脖子上被掐出來的青影，皺了皺眉，伸手想去撫摸，卻沒敢觸碰。

「妳受傷了。」該找大夫給她看看，晉安如是想著。

但等他一轉頭，周圍的一群軍人、羅騰、秦瀾，還有不知什麼時候跑過來的黎霆，全是一臉戒備地看著他，如同在看一個——

怪物。

和那老婦一樣的怪物。

晉安收回目光，看向黎霜，她眼中並無戒備，只是失神地盯著他。

於是他垂下頭，沒有任何辯解的，像一個罪人一樣，默默忍受了周圍所有的審視。然而這時，一塊柔軟的手絹在他臉上抹了抹。

是黎霜幫他擦掉了先前被老婦傷到的血痕。

「軍醫。」黎霜的聲音破碎，可只用這麼輕輕一聲，便足以打破他所面臨的所有質疑和窘迫。

眾人立即回過神，連忙喚來軍醫，將晉安與黎霜一同抬入了主營內，一人幫黎霜看脖子，一人幫晉安清洗臉上的傷口。

軍士們都圍在黎霜身邊，晉安只能遠遠地看著她。

軍醫將黎霜的傷口處理妥當了，細聲吩咐：「除配合藥物外，將軍近來且少言少語，忌大聲嘶吼，切莫動怒動氣，少食辛辣刺激的食物，吩咐膳房，多行米粥，月餘方得好轉，之後注意預防傷寒便可。」

晉安在眾人背後，將這幾點都默默記在了心裡，還打算回頭悄悄問軍醫，預防傷寒要注意些什麼。

軍醫出了主營，黎霆舒了口氣，道：「還好阿姐妳沒事，要不然我都不知道怎麼和阿爹交代了。」見姐姐剛張了張嘴，他又續道，「阿姐妳別說話，還是先養養嗓子，妳聽我們說就行了。」

「是啊，將軍您在軍營裡出了閃失，已夠讓我等無顏見人了，您再不好好養傷，我等只能去領罰了。」秦瀾連忙道，羅騰則在一旁猛點頭。

黎霜躺著，覺得哭笑不得，上戰場打仗的軍人，哪那麼嬌氣？這些人到底是把她當將軍還是當富家小姐啊？

「不過說來，那妖婦到底是什麼來頭，我這輩子第一次見到這種刀槍不入的人，太嚇人了。」黎霆好奇地問。

秦瀾沉吟道：「那老婦生而無氣、死而無息，先前軍醫剖了她的身體，說已經死了十天半個月了，只是因為今年天寒，所以屍身……」

「死了？」黎霆十分驚訝，「還死了十天半個月？」

羅騰也很詫異，「秦瀾，這啥軍醫看的，哪個死了十天半個月的老太婆，還能這麼上竄下跳，和咱們戰三百回合的？」

「按常理是不可能，不過軍醫所言確實沒錯。先前那老婦你們都見了，臉頰脖子處已有潰爛，且傷而無血，心臟……」秦瀾微微一停頓，轉頭看了側榻裡坐著的晉安一眼，「心臟之中僅存一點汙血，這並非活人所有。依我所見，這應該是民間所傳聞的……起屍了。」

一聞此言，黎霆驚得沒了言語。

羅騰抱著胳膊抖了抖，「娘的，老子上過戰場，本以為這輩子沒啥沒見過了，結果居然還有這種事……滲人。」

「我年少時閒來無聊，曾讀過幾本靈異志怪之書。書中言，凡是起屍者，必定生前有極大執念或未完之事，死後若有與之相關的人與事出現，便能起屍。」

人與事……

黎霜沉吟，記得入地室時，裡面除了野狼，確實全無它物氣息。也就是說，那時的老婦還只是一具屍身，而是他們到了那裡之後，老婦才復活的。而老婦剛才一直反覆說著在哪裡、找到了之類的話，可見老婦確實有所執念。

老婦想找的人，真的是晉安？

她此一行，本是想將晉安的身世查清楚，現在這孩子的身世，卻越發讓人覺得撲朔迷離了。

那密林中的地室，遍地屍骨，死狀狼狽卻衣冠華貴的老婦，以及……他那時的鮮紅眼瞳與烈焰紋身。

黎霜兀自思量，先前在山匪石寨中，救了她的那個青年，身上的圖騰與晉安身上浮現的，幾乎一模一樣。難道說，他們身上的紋路，會隨著力量的變化而改變？

這到底是塞北哪個部落的人，她一點頭緒都沒有了。

秦瀾幾人討論了一番沒討論出結果，而他們去問晉安，對方也只是沉默不言，最後幾人只好作罷。

黎霆離開之前，沒敢再像以前那樣拽著晉安的手說東聊西，只站到三步遠的地方，說了句：「小師父，謝謝你救了我姐姐，雖然……」

雖然……有點嚇人。

晉安抬頭看了他一眼，黎霆渾身一怵，立即規規矩矩地走了。

「晉安，出來吧，該讓將軍休息會兒了。」在門口的秦瀾喚道。

晉安看了黎霜一眼，沉默地要往營帳外面走，卻聽黎霜喘了口氣，嘶啞著聲音道：「等等。」她說，「我有事要問你。」

最後晉安留了下來。

他乖乖地站到黎霜床邊，看著她脖子上的白色繃帶，神色看起來有點難過：「疼嗎？」他終於主動開了口，然而問出口後，他又道，「不用理我。」

黎霜笑了出來，「我自己會衡量。」她看了晉安一會兒，問他，「你……」

「我都跟妳說。」他搶過了話頭，「不過我也不記得多少。只知道那日我從林間跑出，昏倒在地，第二天被妳撿回，這就是全部了。」

不知道自己叫什麼名字，不知道自己從哪裡來，不知道今日那老婦為何要尋他……

其實，他比任何人都想知道自己的來歷。

黎霜見晉安站在她的床邊，眉目微垂，思及今日，在老婦死後，他往周圍探視一圈之後的神色，頓時覺得有點心疼。

再怎麼厲害，他也只是個孩子啊。

黎霜抬手摸了摸他的臉頰，他臉頰上的傷口被軍醫用藥草蓋住了，她輕聲問：

「傷口還疼嗎？」

她只是想問他這句話。

晉安一愣，「不疼了。」

黎霜點了點頭，低聲說道：「我幼時被父親撿來，習武進度神速，一日院中惡犬困我主母，我當場將其殺之……可主母從此便嫌棄於我，稱我怪力驚人，並非常人。」她聲音破碎，聽得晉安有點難受，「與你今日遭遇情況，一模一樣。」

她看著晉安，目光很溫和且安定，「父親卻告訴我，身負奇能並非壞事，心有正道，即便身在黑暗，亦可踏破地獄；劍之在手，是殺是救，是善是惡，不在於他人口中，而在於自己心裡。」她輕輕一笑，「晉安，謝謝你今天救了我。」

晉安心頭猛地一動，頓時感到一股暖泉溢滿全身，他垂下了頭，低低地應了一聲。

黎霜摸到他的臉頰，卻發現掌心悄然燙了起來，原來他……害羞了呢。

黎霜覺得好笑，她把被子掀開了一點，「要跟我一起睡嗎？」

晉安一愣，登時心跳如鼓，眸光晶瑩透亮地盯著她，「可以嗎？」

他喜歡與她在一起，或許是在腦海深處，覺得她像自己的某個親人吧。黎霜如此想著，便拍了拍床榻，「睡吧！今天累壞了我，也累壞你了。」

晉安當即不客氣地脫了鞋鑽進被窩，黎霜一把將他抱住，拍了拍他的腦袋。

「睡吧。」

適時正值日落。

一直待在黎霜身邊，每個晝夜變換時，他身體的血氣翻湧少了很多。

今日直到臨近半夜時，晉安才感覺到灼燒，然而不過片刻時間，灼燒感便隱沒了下去。

他身體變成了成人，一瞬間，剛才抱著他睡覺的黎霜，變成了在他懷裡睡覺。

他伸手把黎霜攬了過來，動作輕柔，護她在懷裡。只聽黎霜一聲嚶嚀，卻也沒有轉醒，在他懷裡蹭了蹭，繼續安穩地睡了去。

晉安看了看懷裡的人，摸了摸她脖子上的繃帶，若是他白天能變成現在這模樣的話，定不會讓那老婦傷她分毫的。

他心疼地在她眉間輕輕吻了一下，隨即護著她，閉上了眼，也靜靜地睡著了去。

翌日清晨，黎霜醒過來時，看著自己抱著的小晉安，覺得自己做了個很荒唐的夢。

她竟然……又夢到那天那個輕薄她的男子了。

而且……還抱著自己睡了一宿！

黎霜揉了揉眉頭，看來下次回京，真得讓父親給她指一門親事了。

她抱著還在睡覺的小晉安出神地思考著，京城裡哪家公子能和她這個玉面閻羅湊成一對呢……

最好要有點膽量的，不然看見她殺人就能給嚇破膽了；還要有點能力的，以後她出來打仗，還可以帶他一起，讓他給幫忙出謀劃策或上陣殺敵。

身世這些她倒是不太在意，因為就算是京城裡，能和她門當戶對的，也沒有幾個……

這樣說來，那天輕薄她的那傢伙……好像……也可以……

黎霜被自己的想法嚇到了，她咳了幾聲，將晉安吵醒了。

晉安伸出小手，碰了碰她的喉嚨，聲音帶著初醒的喑啞：「嗓子還疼嗎？」

「無妨。」黎霜坐起身，「休息一夜，我該去巡營了，你自好好地去訓練，切忌傲慢視人。」她如此教晉安，是安了一輩子留晉安在身邊的心思。

在黎霜看來，如此天賦異稟的孩子，若是不好好教，將來對世間便是一個危害。

而且，若將他留在長風營，待他長大，由他來鎮守邊關，定能給塞外敵國極大的威懾。

晉安倒也聽話，沒再多糾纏，老老實實地離開了。

接下來幾天，長風營裡倒是安寧，與往常沒有不同。

黎霆回家的日子也終於來到。

黎霜本以為這個嬌氣的弟弟定會哭鬧一陣才肯離開，沒想到這次他居然不叫也不鬧，乖乖地道了別，只對她千叮嚀萬囑咐一定要小心，讓她等過完這個寒冬，就回家看看他和爹。想來這次塞北之行，真是讓他成長了不少。

黎霜應了黎霆的話，突然想起一事，走到一邊，叫了陪黎霆過來的老僕說話。

兩人說話的聲音小，旁人聽不見，黎霆調皮，跑過去探了一頭，然後驚愕地叫了出來：「阿姐妳想嫁人啦！」

他這一喊，直接將黎霜的心事公諸於眾。

黎霜臉色青了一瞬，轉頭一看，只見來送行的軍士們都目不斜視地看著前方，像是完全沒聽到黎霆喊的話一樣。

只有小小的晉安直盯著她。

黎霜回頭就給了黎霆一拳，「趕緊滾！」

黎霆摸摸鼻子，也知道自己情急之下說錯話了，於是連忙爬上馬車，走之前還小聲地再三保證：「我一定會監督爹爹，讓他給妳找個又高又帥、武功高強、對妳溫柔還聽妳話的如意郎君！」

「滾！」

馬車一動，帶著將軍府的小公子，馬不停蹄地滾了。

黎霜回頭，「都散了，該幹嘛就去幹嘛。」

她喝了一句，所有軍士連忙跑了，只有秦瀾留了下來，像往常一樣給她稟報事情，低垂的眉眼，好似沒有任何情緒。

夜裡，少了黎霆，軍營倒顯得有幾分清冷起來。黎霜覺得喉嚨乾得厲害，想起了長風營南邊靠近鹿城的地方有處溫泉，她便騎了馬帶了衣裳，自行去了溫泉，打算泡泡水，解解近來的疲乏。

一路打馬行至小樹林的溫泉處，只見泉水清亮，大冬天的，也沒人出城，是以周遭清淨極了。

黎霜拴了馬，褪了衣裳，方入水，忽覺背後有風聲一動。

她立即抓了衣服，掩住胸口，轉頭一看，竟是見了那經常在她夢裡出現的那登徒子……就站在泉水邊上離她一丈遠的地方。

他望著她，毫不避諱。

當、當真是個登徒子！居然在她褪了衣裳、沐浴梳洗的時候出來了！

他往前走了兩步，竟是還想更靠近她一些，黎霜當即喝斥道：「站住！別過來！」

他果真停了腳步，卻問她：「為何不能過去？」

黎霜用衣服捂著胸口，放也放不得，穿也穿不得，就這樣站著與那人對峙著。

她怒目而視，對他的問題還真不知道該怎麼回答，只得斥他：「無恥之徒！」

「為何無恥？」

「我未著衣衫，你步步緊逼，何不無恥！」

那人想了一會兒後，垂頭看了看自己的身體，「我也露著胸膛，妳看我，妳也是無恥？」

他一副誠心求問的模樣，更是惹惱了黎霜。她索性往溫泉裡一坐，打算借著泉水的遮擋，在水裡穿上衣服。

然而在黎霜打算把衣服泡進水裡前，他忽然身形一動，如閃電一般，眨眼便行至黎霜面前，將她的衣服抓住。

「不能泡在水裡。」他說，「濕衣服穿了，妳會生病。」

於是，黎霜便這樣赤裸著身體，僅靠衣物在身前遮擋，就這樣與這個在她夢中出現過的男子，面對面站著了……

與晉長安

Yu Jin
Chang An

第九章

面前這來路不明的神祕男子還戴著黑色面甲，除了一雙鮮紅的眼與嘴唇的輪廓外，黎霜看不清他的真面目。溫泉水蒸騰起來的熱氣宛似仙霧在兩人之間飄蕩，胸膛上蔓延出的紅印在朦朧月色下若隱若現，是極致的妖媚與誘惑。

黎霜並不欣賞這種誘惑，因為……他手裡還抓著她的衣服！

她心頭極怒，可此情此景她卻是無可奈何，她上不了岸，也沒法讓登徒子自覺離開。

為了不讓自己吃更大的虧，她壓下情緒，沉著面容，隱忍道：「閣下今日來此，待要如何？」

黑甲男子卻沒正面回答她的問題，微微歪了一下腦袋，瞅著她臉頰上不知是因溫泉水還是因惱怒而起的紅暈一會兒，「妳在生氣嗎？為什麼？」

為什麼？

她一個女子，雖則很多時候，她手下的那些將士根本沒把她當女人看，但她到底還是個女子！

外出打仗多年，軍營夏日訓練，是有男子赤膊上陣，黎霜至今也習慣一大群一大群的男人光著胳膊在她面前打架，可她並沒有光著跟別人打啊！

如今她褪盡衣裳，被另一個大冬天也不好好穿衣服的男人看見了，她不該生氣嗎？

儘管這段時間……她的夢裡……老是出現這個人……

都是因為上次風雪山頭上的那一吻！

想到此事，黎霜臉頰微微升騰起了一股熱意，而這種情況下的害羞，卻讓黎霜惱羞成怒了，她沉著臉斥他：「男女有別！偷看女子沐浴，行非禮之事，竟還這般理直氣壯！實在混帳！」

被她這般一喝，男子愣了一瞬，鬆開了手，「妳不喜歡，我不看便是。」話雖如此，口氣卻暗藏了幾分委屈。

他退到了最近的一棵樹背後，安靜地坐下，當真連臉都沒有露出來一點點。

「……」

怎麼……他還委屈了？倒搞得她像是對不住人了一樣……

黎霜哭笑不得地拿過衣服，游到溫泉另一頭，起身之前她轉頭看了那方一眼，見那人當真守信地沒有轉過頭，她才借著水霧遮掩上了岸，也找了棵樹躲著，三兩下穿上了衣服。

有了衣服，黎霜再次找回安全感。

她走了過去，見黑甲男子還坐在樹下，她雙手環胸，瞇著眼打量他，「你到底是什麼人，想做什麼？」

男子一仰頭，鮮紅妖異的目光卻十分乾淨透徹，「妳想嫁人嗎？」

黎霜一愣，眉頭皺了起來，「你怎麼知道？」

「我聽到的。」男子簡略帶過了她的問題，又道，「我知道嫁人的意思。」

黎霜眉頭緊蹙，眸光犀利如刀，「誰管你知不知道嫁人的意思。說！是誰將這事告訴你的！」她蹲下身，一把擒住了男子的衣襟，直視著他，一如平時審訊奸細的模樣。

她讓老管家回去與父親帶話，給她尋門親事是今日送黎霆離開時，不小心被他說出去的話。當時他們就站在長風營門口，長風營裡全是軍營軍士，長風營外是一片廣袤無垠的荒涼塞北大地，沒有絲毫的藏身之處。

他若是能知道她說了這話，必定是軍營中有人聽到，轉而告知他，最有可能的就是……

「妳嫁給我吧。」

男子忽然說出了這樣一句，沒有絲毫緊張，目光也極是平淡，像是在說……今夜夜色多美似的。

這牛頭不對馬嘴的回答，卻成功地讓黎霜愣住了，甚至忘了自己的問題。

「你……你說什麼？」

玉面羅刹難得覺得自己有點慌。

「妳嫁給我吧。」

黑面男子靜靜地重複，好像不覺得自己說了什麼可怕的話。

「荒謬！」黎霜終於回過神，斥了他一句，嫌燙手似地放開了他的衣襟。

「荒謬？」他還是那麼認真地看著她，「為何荒謬？我知曉，嫁人就是妳要將自己託付給另一個人，然後一直與那人在一起，直至死亡都不分開。」他盯著她的眼，鮮紅眼瞳裡全是她的身影，「妳可以把自己託付給我，我會保護妳，也想和妳一直在一起，直至死亡也不分開。」

這些海誓山盟的言語，在他嘴裡就如柴米油鹽一般平常。但不知為何，黎霜聽著這人面色平靜地訴說著這些甜言蜜語，在哭笑不得的無奈背後竟有幾分……動容。

他是個傻子吧？除了心智憨痴、形容瘋癲的人，誰會對一個才見過兩面的人說這樣的話？

還是說……其實他有陰謀？

「少說這些浪蕩言語。」黎霜冷下面容，駁斥了他，「我問你，你是如何知曉這些事？老實說，否則……」

「否則……要抓我回去審我嗎？」他望著她，神色極是無辜，好像在無聲地問她，為什麼總是對他這麼凶？

黎霜頭一次覺得自己在處置一個類似「奸細」的人時，手有點抖。

「妳不想嫁我嗎？」黑面男子微微湊近了一些。

這短短的距離讓黎霜產生了巨大的心理壓力，她不自覺地往後微微退了一些，強自繃著臉，斥道：「婚姻之事為父母之命、媒妁之言，我不做安排。再有，你身分不明，來歷成謎，至今未以真面目示人，卻與我妄議婚姻……你別湊那麼近。」

黎霜終於受不了，伸手將他推遠了些。

他依言往後退了退，手卻撫上了黎霜方才推開他時，觸碰到他肩頭的那個地方。

明明只是輕輕一碰，卻像是有她的溫度停留在上面，他垂下眼眸，眸光溫暖細碎，彷彿真的對她有萬千情誼。

上次……他與她從地洞裡脫險時，他也是這般看著她的……

這多情目光，讓黎霜又再次開始懷疑，她是不是真的在塞北留了一個戀人？

「我若給妳看我的臉，妳會嫁我嗎？」他問黎霜。

這個男子，對她說的每句話都那麼自然又認真，原本可以毫不猶豫就拒絕掉的話，面對他，反而不知道怎麼回答。

「你……」

「將軍？」

小樹林外傳來秦瀾的詢問聲，黎霜才轉頭一望，再回頭，剛才在她身邊的黑甲男子已不見了蹤影。

黎霜驚詫，此人動作竟這般地快，若論輕功，她與他，只怕差了不止一星半點。

樹林外的秦瀾沒有得到回答，聲音微微比方才急了些：「將軍？」

黎霜穩下情緒，「我在這裡。」

聽得回答，秦瀾終於放心下來，「將軍可還安好？」

「嗯。」黎霜尋著聲音走了過去，繞過幾棵樹，看見了正背對她站著的秦瀾，想來是為了避嫌，所以不敢轉頭。

對，這才是正常男子的做法啊！

黎霜將濕髮隨意一挽，盤在頭上，問秦瀾：「你怎麼來了？」

「看守的軍士說將軍夜出，未帶軍士，屬下便猜將軍定是到這裡來了。只是遲遲未見將軍歸來，有些擔憂，便趕來了。方才聽見林間似有人言語，卻不知該不該上前，只好在此喚了將軍一聲。」

「嗯。」黎霜應了，「有個登徒子來擾。」

秦瀾一怔，轉過頭來，見黎霜頭上盤著濕髮，還有水珠順著頸項流入衣襟裡，他又別過了頭，「將、將軍可無礙？」

「無事。」黎霜一邊與秦瀾說著，一邊往外走去牽馬。

走到一半，突然想起了什麼似的，轉頭問秦瀾：「先前著人去查，可有查到塞外哪個部落習俗是在胸膛上刺火焰紋的？」

「查過了，塞外並無這樣的部落。」秦瀾頓了頓，似乎想到什麼，「將軍方才說的登徒子，難道是上次那個黑面甲的男子？」

黎霜一愣，有些驚訝秦瀾會猜到，「嗯，是他。不過方才他動作快，讓他跑了。」

秦瀾微一沉凝，「先前小公子說，那人救他時有受傷，這不過幾天時間，竟恢復得這麼快？」

提到這事，黎霜才想起來，那天在地洞陷阱中，他單手抓住壁上的利刃，掌心被劍刃胡亂割破了不知多少次，後背更有被劍刃狠狠刺穿的傷。

今天看來，動作上並沒有絲毫因傷而阻礙的遲緩，甚至他的手掌上……也沒有一點待癒合的傷疤。

若是照正常人來看，他的傷……確實癒合得太快了。

黎霜摸著下巴思索，一個武功奇高、身體奇異、身分成謎的男子，還時刻知曉著她的言行舉動……他們之間唯一的關聯，大概除了晉安，再沒別的了。

他們有一樣的火焰紋，許是同一個部落或同一個門派的人，他們之間必定有某種關聯，甚至晉安在與他交換著長風營中的消息，或者說是……她的消息。

黎霜翻身上馬，「晉安還在親衛營中嗎？」

秦瀾一怔，「屬下出來時，親衛營中人說他已經睡下了。」

黎霜提拉馬韁，「嗯，回去查查，明日將他帶到我營中來審。」

知曉黎霜心中的懷疑，秦瀾低聲應是，隨即與她一同打馬回營。

兩人回到軍營時正值深夜，營中大部分將士已經睡著了，黎霜路過親衛營時，在門口微微一停腳步，門口守門士兵立即精神抖擻地行了個禮。

黎霜輕聲問：「都在裡面睡著？」

「是，除了當值的，皆已安睡。」

黎霜點了點頭，親衛營裡都是她的親兵，實力算是整個長風營當中最強的了，他們若是在門口看著人，不可能讓人悄無聲息地跑了。即便晉安在那天表現出那般超出同齡人的力量，從他那天的功夫來看，他輕功還沒這麼了得。

只是……如若換做今天這人……

黎霜微微沉了眉目，他倒是可能在不驚動任何人的情況下，找個守衛恍惚的瞬間，就從裡面走了。

不過，若是照黎霜的推論，那黑甲人要讓晉安在長風營裡幫他打探消息，就不可能把晉安帶走，他只會讓晉安盡量扎根於長風營中，這樣才能得到更多消息。

一番斟酌後，黎霜終是打算直接回帳休息。

這時，哨塔上的哨兵發出了驚異之聲，在黎霜掀開營簾，正準備邁步進去的時候，哨兵忽然敲響了警鐘，「是西戎軍！大軍越境！敵襲！敵襲！」

軍情突如其來，令人措手不及。方才還安靜的長風營霎時一陣人馬躁動，警鐘敲響，所有沉睡的軍士皆驚醒了。

黎霜神色一肅，毫無半分耽擱，轉身便喊了一聲：「全軍戒備！整兵！」

她往遠處眺望，荒蕪的塞外燃起了烽火，片刻之後燃遍曠野。馬蹄轟隆，似要踏碎這蒼茫北地。

在這寒冬來臨之際，她最擔憂的事，還是發生了。

與晉長安

Yu Jin
Chang An

第十章

長風營戰士連夜整兵，與西戎大軍最精銳的先鋒部隊打了一場硬仗，剛好守住了鹿城。

黎霜並未親上戰場，她在軍營裡忙了一整宿，排兵布陣、瞭解情況、與其他將軍商議對策、遣人快馬加鞭傳軍情回京。

從知曉軍情那刻，黎霜便忙得不可開交。

營帳中，大夫在照顧源源不斷的傷兵，每個親衛輪著在黎霜身邊守衛，連馬匹也比往日躁動了幾分，而那個做了登徒子的神祕黑甲男子與晉安的事頓時變得微不足道起來。

兵荒馬亂之刻，沒人再去注意一個孩子在做什麼，哪怕平時他有多麼特別。

清晨，一夜戰罷，前線將士暫時擊退了西戎先鋒部隊，西戎部隊退守鹿城之外十里。

黎霜打馬入了鹿城，打算與城守商議，欲將長風營遷入城內，以便後續守城。

鹿城城守李章義吃了一肚子肥油，從屋裡急急趕到堂上來見黎霜時，便已走得滿頭大汗。

黎霜未多與他寒暄，直言道：「李城守，相信城守知曉昨夜城外的亂戰，如今西戎大軍壓境，軍情刻不容緩，為方便日後共擊外地，今日下午酉時三刻，望城守迎我長風營將士入城。」

聞言，李章義綠豆大的眼睛一轉。

他是丞相提拔到鹿城來的城守，而丞相在朝堂之上與大將軍常年分屬兩派，立場相對，黎霜被派來塞外看守長風營，然而長風營卻不駐紮在鹿城之內，這便是大將軍與丞相間的一處較量。

而今敵人當前，大將軍與丞相之爭也在針鋒相對之際，長風營若是入了鹿城，無論是對他這城守之位，還是丞相的權力，都沒好處。

他當然不肯答應。

於是他瞇起了眼，一臉橫肉地賠笑道：「將軍，西戎大軍兵強馬壯，手段又凶狠至極，今年我朝江南大地豐收頗足，鹿城裡面糧食充實，過這個冬絕對沒問題，何不給他們點糧，將他們打發了罷。」

黎霜神色一冷，眸中似有冷刀插在城守身上，「你要拿我大晉糧草去餵這群豺狼？」

城守觸到黎霜的目光，渾身一抖，心道這玉面羅剎果然不是白叫的，這一身煞氣，委實逼人。

他穩住情緒，打著哈哈，「這……只是權宜之計。我昨兒個上城頭忘了一眼，若只是那先鋒部隊倒也罷了，而今西戎大軍已至，兵馬甚多，咱們守城的將士加上長風營的將士，只怕也不足人家一半，不如先打發他們一點……」

「你想打發？」黎霜冷笑，「你且問問那西戎大軍，要不要你的打發！」

李章義還是溫吞地笑著，「將軍這是何意啊？難不成想拿鹿城將士與長風營將士去送死不成？」

「是不是送死，不是你這文官該管的事。」黎霜強硬地打斷了他，「今年冬日塞北缺糧之勢只是初露彌端，此後塞北外部落之爭只會越演越烈，誰先掌握了大量糧草，誰就是今冬塞北的霸主。西戎舉大軍來犯鹿城，便是知曉鹿城糧食豐富，打算好生一搶，存上糧，在這惡冬一舉拿下其他部落。」她用手指在桌子上敲了敲。

「你說說，你拿得出多少糧，來支撐他們打完這個冬天的仗？」

李章義靜默不言。

「這第一仗，必須打，且還要贏得漂亮！痛打敵軍，才能守得鹿城此後的安寧！」黎霜起身，一身鎧甲撞擊出鏗鏘之聲，「酉時三刻，開城門迎我長風營。平時我不管，戰時，這座鹿城，我說了算！」

她起身離開，高高束起的頭髮掃過李章義肥膩的臉。

待黎霜腳步聲消失，李章義陰鷙地盯了黎霜背影一眼，握了拳頭：「哼，小丫頭片子。」

塞北冬日天黑得早，到了酉時，天已暗了一大半，黎霜騎馬在軍隊旁邊，看著整個長風營將士各自整裝，將必須物品整成一個包袱背在身上，在天色將黑之際往鹿城出發。

所有親衛都跟在黎霜身後，方至此時，看著前面的人行軍，黎霜才稍稍空閒下來。

她往身後一望，隨即一怔，問了正守在身邊的秦瀾一聲：「晉安呢？」

秦瀾也是一愣，掃了一眼，「好像……有些時候沒見到了。」他詢問下去，親衛裡有一人道是在天還沒黑前，有看到他一次。

得到這種回答，黎霜皺了眉頭。

羅騰在一旁斥道：「格老子的，就這小屁孩事情多，老子回去找找！」他一提馬頭，剛要往回走，卻忽然一頓，望向西戎紮營之處，「將軍，有動靜！」

黎霜立即凝神一聽，只覺大地中隱隱傳來轟隆聲，多年征戰，她知道這意味著什麼——是西戎的大部隊動了。

「加快步伐！」黎霜大聲一喝，「入鹿城！上城樓！抵禦西戎！」

長風營將士即刻行動起來，黎霜無心再顧及晉安，徑直打馬往鹿城而去，秦瀾與羅騰迅速跟上。

到了鹿城城門前，卻見城門緊閉，有長風營的將士正與城牆上的守將喊話。

黎霜在城下拉住馬韁，盯著城樓上的守將，厲聲喝斥：「鎮北將軍黎霜在此，命爾等速速打開城門！」

守城將士往旁邊往了一眼，終是有一人忍不住喊道：「將軍，城守讓我們死守城門，今日不得開門。」

黎霜大怒，「混帳！大敵當前，他李章義下此毒令，可是要叛國？你們聽從他這愚令，此戰之後，是想被叛國罪論處，被斬首鞭屍？」

此言一出，守城將士具是一驚。正猶豫著是否要打開城門時，城樓之上出現一人，圓滾滾的身體擠開了一個守城士兵。

「黎將軍，瞧妳這話說的，微臣可擔當不起！」他指了指遠方，「妳且回頭看看，西戎大軍在後頭步步緊逼，若此時我大開城門，萬一放了敵軍入城，害我鹿城百姓，這可是臣殆忽職守啊！」

遠處轟隆馬蹄逼近，李章義其行可惡，但他的話確實有幾分道理。此時入城，確實很可能在長風營將士沒有完全進入鹿城之際，西戎大軍便已經逼近。彼時城破，難上加難。

黎霜咬緊牙關，再次調轉馬頭，面向浩渺大地的彼方，望著那如海嘯般洶湧撲來的西戎大軍，她正是打算就此決一死戰之際，城樓上忽然傳來李章義驚慌的怪叫：「啊！大膽！你是何人！」

黎霜仰頭一望。

只見高高的城樓上，有一人落在了李章義身旁，擒住了他的脖子，手上一把從旁邊守城將士腰間抽出來的寒光鐵刀正冷冷地橫在李章義的脖子上，他下手很重，李章義的脖子滲出了血。

黑色面甲、腥紅眼瞳，這人竟是那——

登徒子！

與前兩次所見不同的是，他沒再裸露胸膛了……

「開城門。」他在李章義耳邊冷冷道了一句。聲音不大，卻彷彿能傳遍千軍萬馬的號角，震懾人心。

這個男人……

李章義久沒說話，那人卻是半點不手軟地將刀刃又往他的肥肉裡狠狠壓了些。許是終於痛得受不了了，李章義破碎著嗓，尖叫著開了口：「開！我開！叫你們開城門！聽見沒！」

「不許開！」黎霜卻在城樓下一聲喝斥。

聞言，挾持了李章義的男子也有幾分愣神。

黎霜沒有解釋緣由，只冷冷凝視踏著漫天塵埃而來的西戎敵軍，腰間長劍拔劍出鞘。

「長風營將士，卸下隨行物品，待殺敵歸來，再入鹿城。」

她一下令，將士皆諾，立即於鹿城城門之前整裝列隊。

黎霜回頭一望，「李章義，今日不讓我鹿城算你有理由，可你若敢不死守鹿城，不止我，聖上也得要你腦袋！」

此言一出，城樓之上的李章義登時一怵，也不管身後那人是否還將刀橫在他脖子上了，急急下令：「弓箭手！速速掩護長風營將士！」

黎霜長劍一振，遠處西戎軍隊馬蹄逼近，她舉劍一喝：「殺！」

長風營將士正面迎戰，而黎霜沒看到的是，在她說了這句話時，城樓上那人身形猶似鬼魅一般，也一起入了荒野戰場之中。

兩軍交戰，城牆之上箭矢如雨而下，城牆之上火光灼燒，鐵與血的味道頓時充斥在漆黑的塞北曠野之上。

長風營將士雖久經沙場，人數卻始終處於劣勢，沒一會兒便在西戎大軍的攻勢中屈居下風。黎霜深陷敵軍群，手起刀落，鮮血濺得滿臉都是，然而敵人像是殺不盡似的，越來越多圍上前來。

西戎的兵常年在外游牧，凶狠非常，黎霜身邊親衛與秦瀾羅騰盡數被沖散了去，她孤身應對包圍，然而饒是她武功再高，此時也砍得雙手發軟。正是架住旁邊一個西戎士兵的大刀之時，斜裡忽然伸來一根尖矛，狠狠地往她腰間刺去，黎霜避無可避。

遠處的秦瀾望見這一幕，又驚又懼，雙目皆泛了血紅，「黎霜！」他根本來不及抽身去救。

這時，一把大刀橫劈而下，將那鐵矛硬生生地斬斷了。持矛的士兵像是被一道無形的力量打開了似的，一下飛出去老遠，連帶著撞翻了數名西戎士兵。

黎霜只覺肩頭一緊，卻是被人不講道理地抱進了懷裡。

明明沒見過幾面，沒有多少時間相處，她卻知道這人是誰。

她隱約能察覺，她與這人之間，有著什麼她所不知道的隱祕牽絆。

在充斥鮮血與殺戮的戰場上，強勁有力的臂膀緊緊箍著她的肩，迫使她的臉頰也緊貼在他的頸項上。

那麼緊，那麼有力，恍惚間，竟讓黎霜有一種被人占有著、保護著的……詭異安全感。

不行！她是將軍，身上背負著那麼多將士和鹿城百姓的性命，怎能在此貪圖一時心安！

黎霜伸手，欲狠狠將身前的人推開，可她還沒抬手，那人卻像是通了她心意一般，靜靜地將她肩頭放開。

黎霜沒想到的是，當她從他懷裡望了出去，周遭所有的西戎士兵手上握著刀劍，卻沒了動作。

這些凶悍的塞北部落的將士，都怔怔地望著一處。

黎霜順著他們的目光往上，只見戴著黑面甲的男子手上高舉著一個西戎人的腦袋。

下頷滿是鬍碴，頭上戴著虎皮帽，正是他們西戎的將領——阿史那都。

他……竟將西戎大將殺了，還取來了首級……

這是什麼時候的事！他方才不是還在城牆上，要取李章義的首級嗎？

這人的速度……黎霜不敢細想。

從他們這一片地方起，如同水波滴入湖，波浪層層推開，整個戰場霎時陷入了詭異的寂靜中。

黑甲人將阿史那都的腦袋往地上一扔，如同丟棄了什麼垃圾一樣。

「滾回去。」

伴隨他清冷的嗓音，遠處的西戎軍營裡傳來了響徹天際的鼓聲，如聽從了他的命令一般，西戎大軍開始且戰且退，最後完全退回了十里開外。

阿史那都的首級被一個西戎士兵抱了回去。

方才嘶喊震天的沙場上，只餘一片狼藉。

周圍長風營的將士們對於這突如其來的退兵，尚且有些懵懂。不說他們，就連黎霜也完全沒反應過來。

她怔怔地看著面前帶著黑面甲的男子，失神道：「你到底是誰？」

他一雙妖異腥紅眼睛裡，裝著她的身影，他抬起了手，輕輕觸碰她染了血跡的臉頰，「我是來保護妳的。」

黎霜怔然失神，卻聽他又道：「我今天穿了衣服，不再是無恥之徒了，妳願嫁我了嗎？」

……哈？

這話……也轉太快了吧！

「你這人……」黎霜忍不住笑了出來，她搖搖頭，哭笑不得地道，「能擒人王，卻也會在這種時候問這種問題……你到底……」

「將軍。」黎霜話未說完，身後傳來了秦瀾與羅騰的聲音。

黑甲人轉頭望了他們一眼，似想起什麼一樣，抬頭望了眼還在那城牆之上傻眼的李章義，「妳還想入城嗎？」

黎霜一怔，「自是要入……」

「好。」

他一應聲，隨手撿了地上的弓箭，引箭拉弓，直指牆頭上的李章義，然而隔了這麼遠，根本沒人知道他打算幹什麼。

只見羽箭離弦，那一身肥油的李章義，徑直從城牆之上歪歪倒倒地走了兩步，然後一頭栽了下去，當場身死。

黎霜愕然。

身後趕來的秦瀾與羅騰也是驚詫非常。

習過武的人都知道，看起來輕輕鬆鬆的一箭，對於其他人來說，都是不可以逾越的實力差距。

黑甲人又抬手觸了一下黎霜的臉頰，幫她抹去臉上的血跡，聲音在幾分木訥的忠誠中，藏著些許難以讓人察覺的溫柔。

「只要妳想，我便會為妳掃除一切障礙。」

黎霜便這樣仰頭看著他，望著他腥紅的眼瞳，在混有血與汗味道的疆場上，失了一個將軍本該有的冷靜。

「為何要如此救我幫我？你到底是……」她伸手去摘男子的面甲，那人卻將頭微微往後一仰，輕而易舉地躲過了她的動作。

見他躲避，身後的秦瀾倏爾一動，閃身上前，欲擒住黑甲男子，可不過過了兩招，一陣寒風吹過，他借著秦瀾送來的一記掌力，身形快如塞北疾風，霎時便消失在黑夜中。

如同上次一樣，不告而別，留下一片讓人捉摸不透的神祕。

黎霜怔愣地望著他消失的方向，直到秦瀾回身喚了她一句：「將軍。」黎霜才眨了一下眼，回過神，輕咳一聲，掃了眼四周。

但見長風營的將士們皆是提著劍拿著刀帶著幾分與平時不一樣的情緒打量著她。

也是……讓人怎能不好奇。

一個身分不明、武功奇高、手段狠戾的男子，不只將西戎將領的首級取了來，還在疆場之上救了她，還說讓她嫁給他。

別說在場的士兵，連黎霜自己也無比好奇。

她到底是怎麼吸引到了這麼一個人的？是不是她的記憶真的出了什麼問題？她如那些話本子裡的人寫的一樣，忘了什麼不該忘的過去嗎？

「將軍。」秦瀾的聲音再次將黎霜喚回現實，「該入城了。」

「哦，好。」黎霜下令入城。

誰也沒想到，與西戎的第一戰，就這麼荒謬的結束了……而這時，所有人都不知道，更荒謬的事還在後面……

一夜兵荒馬亂後，鹿城城守李章義被黑甲人百丈之外一箭穿心，當場身死。

黎霜理所當然地率長風營戰士入駐鹿城。

雖然一戰罷了，黎霜的事情卻沒有忙完。

鹿城中人心惶惶，而城守之死則讓鹿城官僚無首，黎霜當即扶持了李章義手下的一名文官擔任臨時城守。

長風營入了鹿城後，兵強馬壯，不管何人當城守，都只有乖乖聽話的份。

黎霜的重心卻沒有放在權利之爭上。

白日裡忙完了城內事務，到了夜裡，黎霜登上鹿城城牆上遠遠一眺，但見數十里外的西戎軍隊並沒有因為大將死亡而撤軍，廣袤的塞北平原上，一眼望去還能看見黑壓壓的軍營裡升起的裊裊炊煙。

黎霜面色沉凝，拍著面前城樓上粗礫的石頭靜默不言。

旁邊隨行的羅騰一聲咋舌，「格老子的！將軍，看這情況，西戎還不打算撤軍啊！」

秦瀾琢磨一番，沉聲道：「今年冬寒缺糧，西戎既已集大軍壓我鹿城邊境，便是打定了注意一定要好好搶一把糧的。那阿史那都……」他頓了頓，思及昨日夜裡黑甲人手提阿史那都首級的畫面。

秦瀾承認，他對黑甲人是有敵意的；他也無法否認，黑甲人昨日的舉動，委實震撼人心。

「阿史那都死得突然，西戎暫且退兵休整，可他們斷然不會如此輕易便退兵。只怕不消兩日，便能再出一將領為西戎效命。」

羅騰一聲哼，「娘的，說到底，這仗還是要硬扛。」

「不見得非得硬扛。」秦瀾眸光微轉，望向那方軍營，「末將有一計。」

黎霜轉頭看了秦瀾一眼，秦瀾跟隨在她身邊多年，行事風格、所思所想她都十分清楚。

「我知道你要說什麼。」她道，「你是想趁西戎尚未選出大將前，令鹿城百姓與我長風營大軍往後撤退，留守軍與些許糧給西戎，以爭取時間，讓其他州城調兵過來，方可與西戎大軍相抗。」

秦瀾眼瞼一垂，眸光細碎，暗掩溫柔，「末將所想，皆如將軍所言。」

黎霜沉默了下來。

見將軍當真在認真思考這個計策，羅騰怒眉一豎，「這哪成！這不是將咱們剛守住的城池又拱手讓給西戎嗎！不行！我大晉的地，萬不可給這幫豺狼！」

秦瀾往遠方一指，「你且看看，西戎後面的大部隊已經陸續跟到了，規模遠超我們先前的預估。如今唯有行緩兵之計，等我方大軍匯合，才能反擊。」

羅騰還想再辯，可看了看遠方西戎軍隊成片的篝火，他咬住了牙。

總不能……真讓所有長風營將士與鹿城百姓都為了守這個城而搭上性命。

他狠狠嘆了口氣。

黎霜放在城牆上的手倏爾一緊，「我自會斟酌。今夜無論如何，先將鹿城的百姓撤出去。」她一轉身，待要下城牆，秦瀾攔住了她，「將軍，此事屬下會妥當處理，妳……且回去歇歇，保重身體。」

黎霜不能倒下，她自己明白。

她點了點頭，向城牆下臨時搭建的帳篷裡走去。

即將踏入帳篷之際，黎霜倏爾覺得有一道影子從頭頂劃過，當她抬頭去看時，高高的城牆上卻什麼都沒有，守城將士背脊站得筆直，目光一動不動地望著遠方，並無任何異樣。

黎霜揉了揉眼，只覺自己當真是累了。

然而這晚，她睡得並不安穩。

家國天下、黎明百姓，該如何選，做何種決策，她現在說的每一句話、每一個決定，都關係到了大晉的國運。

只希望……她所做的選擇，能讓大晉未來更好。

翌日清晨，黎霜醒來，猝不及防地接到兩個消息。

先是探子急匆匆地來報：「將軍，昨日夜裡西戎果然又立了一個大將！」

黎霜的心還沒來得及沉下，探子又道：「可那大將又死了。」

「啊？」黎霜有點沒反應過來，「什麼？」

什麼叫又死了？

「昨夜西戎剛立了大將，可今日黎明之際，西戎大軍與鹿城之間的荒地上，豎了一根長杆，杆上竟掛著那將領的頭顱。現今西戎軍內大亂……」

「……」黎霜有點茫然，「我去看看。」

「回將軍，那西戎大將的頭顱已經被他們帶回去了，而今就剩長杆和繫著頭顱的繩子還在飄。」

黎霜怎麼也沒想到，這麼煎熬地掙扎了一晚，第二天卻得到這樣的消息。

黎霜一邊披甲一邊往外走，「何人殺的？」問出這句話時，不用來報者回答，她心頭便浮現了黑甲人的模樣。

她腳步微微一頓，秦瀾與羅騰迎面而來，秦瀾面色內斂，不見波動，而羅騰則是眉飛色舞，笑開了去。

「將軍！那西戎的大將又被殺了！哈哈哈！老天有眼！叫這群豺狼不得好死！」羅騰爽快地大喊著。

「將軍。」秦瀾喚了黎霜一聲。

黎霜點頭算是應了，轉頭便道：「晉安呢？」

她這一問，秦瀾才想起來，先前他與黎霜從那樹林裡夜歸之時，本是要去提晉安來問問黑甲人之事的。後來西戎大軍入侵，他忙，黎霜更忙，根本沒時間顧及到晉安。

現在新的西戎大將連夜被殺，不難不讓人想到戰場上的那武功詭異的黑甲人。想到了黑甲人，自然又聯繫到晉安身上。

秦瀾沉眉，「屬下這就去問。」連忙轉身離去。

黎霜則上了城樓，往遠方一望，天長悠遠，渺茫大地之上只孤零零地立著一根木杆，杆上繩子被塞北蒼涼的風吹動，明明只是一個普通的畫面，黎霜卻覺得，那就像是一面刻著「過此者死」的旗幟，守護著鹿城。

不消片刻，秦瀾便將晉安帶了過來。

小小的孩子，目光澄澈，一如往常地直盯著黎霜。

黎霜蹲下身，直視他的眼，「晉安，我對你沒有惡意，你是知道的。你身懷異能，我也想將你一直留在身邊，未來不管是我還是朝廷，都將對你委以重用。」

在聽到黎霜說她會一直把他留在身邊時，晉安眸光一亮。

而黎霜卻拍了他的肩膀，目光認真且灼熱地盯著他，「我想要你與我赤誠相待，你能做到嗎？」

晉安點頭，「我的一切都是妳的。」

呃……雖然這句話聽起來有點奇怪，不過算了，反正這孩子經常說奇怪的話。

「我只問你一個問題，你與那帶著黑面甲的人，有關係嗎？」

晉安與黎霜四目相接，周圍一圈將士圍著他們。然而除了黎霜外，沒有人會這麼蹲下來，平視著與他說話。

「有。」晉安答給黎霜聽。

堅定的一個字，讓周遭將士有幾分譁然。

秦瀾更是瞇起了眼。

自黎霜下了讓晉安住進親衛營的命令開始，他便囑咐了親衛們盯好這個男孩的舉動。即便這樣，他還是能把消息傳給那個黑甲人？

「那人是你族人？」羅騰在後面憋不住了，急迫地問了一句。

他一開口，旁邊又有一個將士詢問道：「他到底是什麼人？從何處而來？想做什麼？」

「他為何要你傳出我長風營的消息？」

「他如何殺得了西戎大將？又為何要這樣做？」

將領們在後面七嘴八舌地問，晉安卻只是注視著黎霜。

塞北的風越過城牆，撩亂了黎霜潦草梳起的頭髮，小小的晉安便在周遭的嘈雜中，抬起小小的手，動作稚嫩，卻那麼自然，他幫黎霜理了理頭髮，把那飄舞的亂髮勾到了她耳後。

「他不會傷害妳。」沒有回答任何一個亂七八糟的問題，他的聲音帶著與年紀不符的沉穩與篤定，「他只是想保護妳。」

黎霜看著晉安認真的雙眸，不禁有片刻失神。恍惚間，她彷彿看見了晉安的眼睛與那黑甲人鮮紅的雙眼相互重疊。

他們的眼睛……那麼相似。

北風過，城牆之上的眾人安靜了下來，眼神在黎霜與晉安之間轉了轉。只有羅騰冒冒失失地吼了一句：「夭壽了！你這孩子要成精了不成！自己撩咱們將軍倒也罷了，還幫著別人撩！」

黎霜咳了一聲，被羅騰粗魯的吼聲喚得回過神來，她腦子轉了轉，有了一個猜想，「那個黑甲人……難道是你爹？」

是吧，只有這個猜想最合理了，所以這孩子不管是氣質還是模樣都與黑甲人有幾分相似，所以他才會和黑甲人一樣那麼喜歡黏著她……

但為什麼喜歡黏著她呢？

難道……

因為她真是他的……娘親？

黎霜被自己的想法嚇了一跳，不過……這樣想好像也沒什麼不對。

說不定她真的失去了曾在塞外的記憶。那段記憶很可能是她在塞北和人把孩子生了，然後她失憶回了大晉，周圍的人為了避免傷害她，都避過這個話題不談，所以她也就一直不知道。

直到她再次回到塞北，被丟下的男人知道她來到的消息，便帶著孩子越過茫茫戈壁，找過來了！

這個猜想很合理啊！因為那些話本裡都是這麼寫的！

黎霜愣愣地望著晉安，一時竟沉浸在自己的猜想中，有點走不出來了。

晉安卻對黎霜突如其來的話感到莫名，「爹？」他搖頭，「不是，我沒有爹。」

聞言，黎霜一愣，但隨即又想到晉安說過他忘了自己的來歷，所以現在說的沒有爹，大概是指不記得自己爹是誰了吧。

「你與那黑甲人，究竟有何關係？」

聽黎霜如此問，晉安卻道：「妳說今日只問一個問題的。」

黎霜一默，她也就隨口說說，這小子倒是把她的話記下來了。不過不說也罷，反正人在這兒，跑不掉的。

「那我明天再問你一個問題，你要坦誠答我。」

「好。」晉安似有些高興，「妳可以每日都來問我。」

每日都來問，就每日都可以見到她，又近又可以觸碰，真是太好了。

忽然間，晉安不想變回大人了。

因為等他變成大人之後，黎霜對他就多了戒備與防範，不能輕輕撫摸她的頭髮，也不能賴在她懷裡睡覺……

問罷，黎霜不管陷入幻想中的晉安，站了起來，吩咐親衛季冉帶晉安下去休息。

西戎大軍未撤，城牆之上還是十分危險，雖則晉安不是普通男孩，可黎霜還是習慣性地讓他下了城樓。她轉身審視軍情，與將領們討論現狀。

晉安見她忙了起來，便乖乖隨著親衛季冉下了城樓。

季冉在旁邊帶路，走了一半，晉安倏爾開口：「你說……」

季冉側眸看他，晉安向來沉默寡言，平日裡在親衛營裡也從不主動與人說話，而黎霜親衛的地位更比普通將領要高上幾分，他們自是也不屑與晉安搭話，是以平日裡晉安不管是出去訓練還是回到營裡，便如同啞巴……除了看到將軍的時候……

那時候的小屁孩，像是眼睛都會說話一樣，閃閃發光，就差有條尾巴在屁股後面搖了。

而現在，對於晉安難得的一次主動搭話，季冉有些感興趣了。

「嗯？怎麼？」他側頭看他。

晉安頓住腳步，肅容抬頭，一本正經地問他：「如果有女人生我的氣，要怎麼哄她，她才會開心？」

季冉一口老血悶在胸口。

這是個男孩該問的問題？

想他季冉，家中老大，十五從軍，至今十載，以前跟在黎大將軍身邊，南征北戰年年打仗，後來跟在黎霜身邊，本以為跟了個姑娘家，大概就是守護守護她的安危，平日裡總沒別的事，可以回京城安安靜靜談門親事了吧，哪想黎霜又外調塞北……還是年年打仗！

二十五的年紀，人家孩子都滿地跑了，他連姑娘的小手都沒摸上一把！

不過也都這麼多年了，他骨頭裡的血也都鐵化了，沒姑娘也就習慣了，哪能想今日一個男孩的問題讓他犯了尷尬。

如果說不知道，豈不是顯得自己很沒見識？

季冉鐵著臉，用硬漢的嗓音，沉著道：「送點東西。」

「送什麼？」

他大爺的怎麼會知道！

「送點她想要的。」

晉安若有所思地點了點頭，仰頭望他，誠摯地道了一聲：「多謝。」

目送晉安回了營帳，季冉轉頭，悄悄抹了抹額頭。

時至天黑，黎霜接到了京城來的信函。

聖上得知塞北境況，命黎霜棄守鹿城，退至五十里外涼州城，與豫州、冀州而來的軍隊匯合，共抗西戎來犯。

當今聖上年少時曾上過沙場，對兵家之事極為通透，他做出的決策與先前秦瀾的計謀一致。

不過現今情況有變，西戎連失兩名大將，必定軍心混亂，他們攻城未必攻得下來。

早上的軍情已經快馬加鞭送往京城了，知道這個消息的聖上或許又會有不同決定。黎霜打算再在鹿城守上幾日，靜觀其變。

這時，探子又報，西戎大軍那方升起高高的篝火，擊鼓吹號，好似又再選了一個將領出來。

「這麼大動靜？」羅騰冷哼，「他們是在得意西戎人多，殺了一個又選一個，不怕死？」

「不。」黎霜沉眸，「事有蹊蹺。」

有別的將領接道：「末將也以為如此。西戎才損兩名大將，若是再選，該當小心才是，如此大張旗鼓，似有別的計謀。」

「他們想告訴我們……或者說，想告訴那黑甲人，他們又選將領出來了，在請君入甕呢。」秦瀾此言一出，營帳中靜了一瞬。

「黑甲人會去嗎？」羅騰問。

沒人回答。因為誰也不知道。

黎霜的職責是守城，鹿城守軍加上長風營的兵力也比不過半個西戎大軍來得多。

他們不可能開城門主動出擊，只能固守城池。

只希望黑甲人聰明一點，不要踏入這顯而易見的陷阱中。否則……隻身闖敵營，就算再厲害也難逃一劫吧。

不過……

等等。

黎霜站起了身，所有將領都抬頭看她，她咳了一聲，「我出去一下。」

她出了主營，向親衛營而去。

既然知道晉安和黑甲人是有聯繫的，提醒晉安一句就可以了吧？甚至，還可以派人偷偷在暗地裡觀察晉安，讓他引他們去找到黑甲人的藏匿處。

黎霜走到親衛營時正是季冉當值，他向黎霜行了個軍禮。

「晉安呢？」黎霜問道。

「回將軍，這半日都在營內，並未出去。」

黎霜點頭，掀開親衛營的門簾進了去，然而裡頭空空蕩蕩，那個半日都在營內的孩子，早不見了蹤影。

黎霜轉頭，看了一眼季冉，眉梢微挑。

季冉後背一緊，「將軍，屬下失職！」沒有辯解，主動認錯，是她親衛的擔當。

黎霜正待要說話，外面的探子忽然大聲來報：「將軍！西戎大軍營內燒起來了！」

黎霜一怔，掀簾出營，疾步踏上城樓，遠方燒出了一片腥紅的天，西戎大軍處於一片火海中……

火光沖天，草木焦灼的味道與黑煙隨著北風吹到了鹿城這方。

黎霜遠眺，只見那火光之中人影穿梭，嘈雜之聲隱隱傳來，將領們皆上了城樓。

羅騰看得著急，大冬天的冒了一頭熱汗，「娘的，這火光沖天，到底是西戎的計謀，還是黑甲人鬧出來的事故，或者……西戎直接內亂了？」

「火勢這麼大，不像事先預謀的。」另一個將領接著分析，「可那黑甲人再厲害，一個人也放不了這麼大的火啊。」

秦瀾阻止了眾人的討論，「別猜了，一切未有定數，且等探子來報。」

就在大家各般猜想時，黎霜眸光一凝，心生一計道：「擂起戰鼓，吹響號角！」

旁邊將領皆是一驚。

「將軍這是要出兵？」

「不。」黎霜望著火光沖天的西戎軍營，「如此大火，就算是計謀，必定也脫離了他們原先的掌控。西戎連失兩名大將，本就軍心不穩，今夜大火，西戎必定一片混亂，趁機鳴鼓虛張聲勢，嚇不走，也要讓他們丟半個魂。」

秦瀾眸光微亮，「此計可行。」

「這……」鹿城原本的守將是個山羊鬍子的小個子，他有點怕，「若是西戎聽聞我們鳴鼓，舉兵前來，又該如何？」

「就讓他們來吧。」黎霜道，「沒有將領，倉皇出戰，我看他們有什麼能耐攻我鹿城！」

山羊鬍將領望著黎霜，心頭一顫，為其威嚴所懾。

他不開口，城牆之上短暫一默，黎霜眸光往旁邊一掃，「還愣著做什麼？」一句話便令眾將領心頭一怵，抱手稱是，各自忙了去。

唯有秦瀾陪著她立在城牆上，眺望遠方越燒越大的火勢。

黎霜望得出神，並沒有看見正在她身後一步的秦瀾，也正悄悄打量著她，有幾分往日沒有的沉默。

「將軍……」秦瀾輕輕一喚。

他聲音輕柔，黎霜便也低低地應了聲：「嗯？」一如以前在府裡，她與他說話時的音調。

「將軍可是在憂心那黑甲之人？」

黎霜一怔，放在城牆上的手指微微縮了一下。

「什麼？」她轉頭看秦瀾，像是一時沒反應過來秦瀾為何要這麼問她，又像是在驚訝自己的內心……為何會被看穿。

秦瀾眸色微微沉了下去。

黎霜隨即又哦了一聲，解釋道：「他救過我兩次，雖然行為來歷有些詭異神祕，言行舉止也有冒犯，不過我……」她頓了頓，「確實不想讓他死在西戎軍中。」

秦瀾唇角繃緊，垂下頭，掩住了眼神，再沒多言。

鹿城的戰鼓響動，號角吹響，其聲宛如邊塞沉寂的巨龍發出的呼嘯，刺破寒夜與黑暗，撕開北方來的長風，直達遠方腥紅的天。

西戎大軍猶如在沙地裡匍匐的蟻群，在聽聞戰鼓號角後，果然如黎霜所料，很快便出現了動搖，蟻群渙散。

這一夜，在火光、寒風與令人膽顫的戰鼓聲中，西戎大軍開始撤退。

「他們撤退了！」城牆之上有軍士發出了呼聲。

「他們撤退了！」軍士們欣喜若狂。

直至西戎大軍的身影徹底消失為止，黎霜才稍稍揚起了一個志得意滿的笑。

鹿城迎擊西戎的第一戰，贏了。

不戰而屈人之兵，雖然這次的戰役贏得有幾分僥倖，但仍不妨礙大晉在塞北立下國威。

今年的嚴冬才剛開始，長風營算是守得鹿城大半個冬日的安全了。因為這塞北大地之上，再沒有哪個部落能比西戎集結更多兵力了。

這一次西戎碰了個釘子倉皇而走，必定給了其他部落一個前車之鑒。

大晉鹿城物資雖豐、糧草充足、百姓和善，卻不是能輕易冒犯之地。

黎霜轉身離開城牆。她身上的銀甲摩挲，發出鏗鏘之聲，背後還有將士們的歡呼，而就在這麼嘈雜的環境中，她聽到了啪嗒一聲。

黎霜側眸一看，地上有一塊濕潤的痕跡，在黑夜裡映著火光與涼月。

這是……

她蹲下身，食指輕輕一沾……是血。

黎霜一抬頭，頭頂正是城牆城樓之上的房檐，從她的角度看去，房檐之上除了蒼涼月色，並無其他。

這血還是熱的，剛才必定有人從上面經過了。

黎霜心頭有了猜測，腳下借力一點，飛上了房檐，卻未見到任何人影，甚至連血跡也沒有。

她皺了皺眉，搓了搓指尖的鮮血，又躍下房頂。

秦瀾在下等她，見狀詢道：「將軍有何發現？」

黎霜搖頭。

她知道，若是黑甲人找來，以他的輕功，自己想察覺到他並追上他，根本是不可能的。

她下了城牆，回了主營，剛走到營帳門口，卻發現營帳外站的都是將領，他們面面相覷，神色都有幾分奇怪。

黎霜左右看了一眼，「都進去啊，站外面幹什麼？」她說著，一把掀簾而入，而後整個人僵立在了帳門前。

本欲隨後入帳的秦瀾險些撞上黎霜的背，他連忙往後退兩步，藉著她撩開的營帳門簾往裡面一望，素來沉穩的秦瀾也呆了……

營帳中插著一面西戎的軍旗，而軍旗上掛著一顆鮮血淋漓的男子人頭，人頭緊閉雙眼，脖子上的血還在啪嗒啪嗒地往地上滴。

好一副駭人畫面。

就在那個人頭的背後，西戎軍旗之上，不知是拿血還是墨寫著幾個大字——

西戎大將項上人頭贈於妳，希望妳開心。

開心個鬼啊！

下面還小小地寫了一行字——

其餘人，擅動即死。

難怪都一臉難堪地站在門口不敢進去呢！

這一個個將領都被那個神祕小子唬住了！

黎霜抓著營帳的門簾，一個手重，把門簾整個扯了下來，「當值的呢！」她黑著臉回頭，「人都是死的嗎？這麼大的軍旗和人頭血淋淋地送進來，沒人看見嗎！」

眾將領齊齊垂頭，靜默不言。

黎霜狠厲地往將領們身上一看，再回到那營帳正中的軍旗之上。她是見慣了殺戮的人，但她從沒想過，有人會把敵人的腦袋當禮物送來。

她不怕，她只是……

覺得送禮的人大概有病，相當有病！

黎霜將那大旗拔了，連著那顆人頭一同扔給了旁邊的軍士。

「拿出去，把那寫得亂七八糟的軍旗扔了，再把人頭掛去城牆上，那才是它該展示的地方。」

軍士應了，疾步離開。

黎霜回頭看了眼那顆人頭，從人頭枯瘦如柴的臉面能看出，那根本不是什麼西戎大將，大概只是個受傷的傷兵或隨軍奴隸。如他們所料，西戎果然隨便抓了個人來冒充大將，大概是想誘敵前來。

只是無論如何也沒想到，他們誘得敵人如願而去，卻沒能如願將他捉住，甚至……

黎霜望了眼遠方，西戎大軍已撤，遠處的火光也滅了，只是還有滾滾濃煙在將明未明的天空上飄。

嚴格來說，西戎大軍其實算是被一個人擊退的。這般荒誕之事，別說事先猜想，即便已經發生了，黎霜也有點不敢置信。

「都先入帳。」黎霜喚了一句，眾將領才魚貫而入。

待眾人坐罷，黎霜開口道：「而今兩名大將的身死，加之昨夜大火，致使西戎撤軍。但大家也都知道，西戎大軍的真正實力並未被撼動，這個冬日只是開頭，此後必不能掉以輕心。」

鹿城城守李章義已死，黎霜直接將長風營安置在鹿城內，令長風營戰士與原鹿城守軍共同守城。安排完城內事，黎霜轉頭吩咐文書，令其將鹿城情況寫明，速速報回京城。

文書遲疑了片刻，「將軍，那……黑甲人的事，要報嗎？」

帳中一默，所有將領其實都心知肚明，除了先前李章義關閉城門，迫使長風營將士與西戎短兵相接一場意外，這西戎的撤軍，其實根本沒費長風營什麼功夫，全靠黑甲人一己之力。

可……這樣報回去，委實讓長風營難堪，所有將士竟敵不過一個異族人？

黎霜沒有猶豫地道：「報上去，這沒什麼好隱瞞的。」

至此，所有事暫且塵埃落定。

將領們離開營帳，文書將幾個書件給黎霜批覆了，便也作揖離開。營帳裡的人都走完了，黎霜往沒有門簾的帳外一望，竟是天已大亮。

天光有些刺眼，想來今日是冬日裡難得的大晴天。黎霜站起身來，伸了個懶腰，目光這才落在營內地面上。地上有先前那人頭滴落的鮮血，她轉念想到了昨夜在她即將離開城牆時，滴落在她身邊的血液。

或許，就是那時把軍旗和人頭扛到她營帳裡來的吧？那黑甲人在西戎軍中……應該有全身而退……吧？

想到這裡，黎霜眸色一凝，出了營帳，徑直向親衛營而去。

親衛營門外，一身軍服的季冉正沉著臉在教訓一個男孩：「不是說讓你不要亂跑嗎？說，昨晚上哪兒去了？」

晉安在魁梧的季冉面前瘦弱得像一隻伸手就能捏死的小雞。雖然現在長風營裡已經不會有人這麼想了……

黎霜本打算抱著手在旁邊看看晉安挨訓，結果她隔得還有十來步遠，晉安便像是渾身長了眼睛一樣，轉過頭，直直地盯住了她。

面對季冉時顯得空洞麻木的眼神一下就放了光。

因著他目光實在太執著熱烈了，引得板著臉訓人的季冉也轉過了頭，季冉一怔，連忙行禮。

「將軍。」

黎霜點頭應了，有幾分好笑地走上前，倒是也不生疏了，拍了一下晉安的腦袋：「昨晚去哪兒了？又給那個和你有不明關係的黑甲人報信去了？」

從目前來看，那個黑甲人確實沒有對長風營有所圖謀……他只對她有圖謀。其實，只要不涉及天下百姓，黎霜的容忍度還是很大的。

只是這個黑甲人……表達圖謀的方式太奇怪了些，還圖謀得十分突如其來，讓人一頭霧水。

晉安仰頭望她，暫時沒答話。

他的沉默讓黎霜的注意力放在了他的臉上，隨即皺了眉頭，「病了？」黎霜蹲下身，伸出雙手捧住晉安小小的臉，只見他唇色蒼白，臉頰卻又紅又燙，像是在發燒。

「傷寒？」

男孩子在塞北生病是大事，黎霜一時也顧不得追問其他，轉頭吩咐季冉：「去把軍醫叫來。」她一邊說著，一邊將晉安抱上肩頭。

晉安順勢將雙手搭在她後背上，兩隻小手繞過她的肩將她脖子牢牢抱住，微燙的臉頰就這樣放在她的胸上，貼著頸窩的地方……

真舒服。

晉安不由自主地蹭了兩下黎霜的頸窩。

貼著她的溫暖，肌膚相觸，真舒服。

黎霜一無所覺，只當是男孩病弱時的無意識撒嬌。她把他抱進親衛營內，空了一隻手掀開親衛營門簾，但見裡面擺了十來張床，儘管她的親衛已經算是軍營中最愛乾淨的一隻隊伍了，還是掩蓋不住滿帳汗臭及人多帶來的悶氣。

此時正好還有幾個親衛在褪去重甲，正好裸著半個身體……

親衛們沒想到黎霜在沒人通報的情況下直接撩開了門簾，一時全都呆在了原地。

黎霜咳了一聲：「繼續穿。」她淡定地放下門簾，抱著晉安，轉身回了自己的營帳。將晉安放在她的床榻上，她正要起身，卻發現他攬著她不放手了。

她輕輕拉了一下，「乖，好好躺著，讓軍醫來給你看病。」

「妳不走？」

黎霜輕笑，「我不走。」

晉安這才依依不捨地放開了手。

在軍醫到來前，黎霜看著晉安的臉，琢磨了許久，終於開口問：「你記不記得關於你父母的任何資訊？我見你眉眼不似全然如塞外人，你的母親……有沒有可能是中原人？」

晉安搖搖頭，「我不知道。」

「……好吧。」

兩句答完，正巧季冉將軍醫喚了來。

黎霜讓到了一旁，與軍醫說著自己的猜測：「或許是傷寒。先前從城外走得匆忙，軍營裡還有治傷寒的藥材嗎？」

軍醫把著脈，不解地道：「嗯……這不像是單純的傷寒啊！體內極虛有火，更似受了什麼重傷而引起的發熱。」

「受傷？」黎霜轉頭看晉安，微微蹙起眉，「你昨夜去哪裡了？」

此時晉安已經閉上了眼，額上虛汗淌落，不答黎霜的話。

軍醫便將晉安身上的衣服褪了，然而奇怪的是，一番檢查，卻也沒發現他身上有任何傷口，只除了他心口的那團火焰紋變得更加火紅外，並無任何異常。

「一點傷也沒有，這倒怪了……」軍醫相當不解。

「先開幾帖退熱的藥吧，營內沒有藥材，我著人去城中藥材鋪買。」

軍醫離開，黎霜讓季冉將藥材買了熬藥回來，餵了晉安喝下，她又處理了一些瑣碎事務，隨即趴在晉安床邊，守著他，漸漸地也累得睡了過去。

這幾日黎霜也累得狠了，是以現在西戎離去，她安了心神，即便是這樣趴著也睡得極沉。

直到半夜，床上躺著的人手腳從被子裡伸了出來，她也並未察覺。

大晴天之後的夜色萬分透亮，幾乎能從帳外照到裡面來，黎霜睡得沉，頭髮搭在她嘴唇上也沒有任何感覺。

男子健壯的身體輕輕掀開了被子，赤裸的胸膛爬著精緻的鮮紅火焰紋，紋路延伸至他的眼角。他彎過身子，靜靜看著黎霜的睡顏，眸光更比月光溫柔。

輕輕撥開她嘴上的髮絲，他覆唇上去，在她唇畔上輕輕落下一個吻。

好開心。

他眸中似有水波蕩漾。觸碰黎霜，讓他開心得心尖顫抖，哪怕只是偷偷地、一下、一下、又一下……

晉安嘴角忍不住揚了起來。

他好開心，開心得幾乎要大叫出聲。

他好想問黎霜，收到了他的禮物開心嗎?儘管昨日，為了去取那個人頭，自己幾乎拚掉了半條命，不過沒關係。

他的身體很快就能修復，就算不修復也沒關係。

看，他幫她解決了多麻煩的一件事，她才能睡得這麼安穩。

他在她的唇瓣上輕輕磨蹭，過了一會兒，這細碎的觸碰便不足以滿足他了。晉安輕手輕腳地抱住了黎霜，一個巧勁便將她抱上了床。

他給她蓋了被子，讓她與他裹在一個被窩裡面，然後從她的後背抱住了她。

這樣的姿勢她胸前是他的手，而她的整個後背都正好完美的貼合在他的胸膛上。

這樣讓晉安感覺，她成了他藏在懷裡最寶貴的一塊肉，是他最柔軟的一部分，被他完完全全、安安穩穩地保護著，誰也傷害不了她。

他深吸一口氣，輕輕喟嘆，真好。

真想每天都這樣抱著她入睡，哪怕代價是丟掉半條命。

黎霜醒來時，發現自己睡在床榻上，懷裡還抱著熟睡的晉安，她愣了愣。昨天她居然睡得那麼沉，連什麼時候上的床都不知道？

不過……黎霜也不得不承認，昨夜確實是她這段時間……甚至是很長時間以來睡得最安穩的一覺，渾身都暖暖的，沒有半點塞北的寒冷侵入。

懷中的晉安動了動，黎霜低下頭看他，只見幼小的晉安嘴角微微彎起，像是在夢裡吃了最甜的糖。

難得見到這孩子露出如此稚氣可愛的一面，黎霜一勾唇角，捏了捏他的鼻子，再順手探了一下他的額頭。

恢復得倒是快，熱已經退了，不管是軍醫的藥起的作用還是晉安自己身體扛了過去，總之應該沒什麼大礙了。

黎霜掀開被子，下了床，回頭看了眼還在睡覺的晉安，並沒有叫他，打水梳洗一番之後，便出了營帳。

今日鹿城城門大開，那些因為戰亂而暫時逃離鹿城的百姓們漸漸歸城，黎霜安排了不少人手去城門檢查入城百姓，以防塞北其他國家與部落的探子趁機混入。

黎霜到的時候，城門正是重兵戒備，一個個地審人放行，城門外已經排了老長的隊伍。

秦瀾見了她，便迎上前來行了個禮，「將軍怎麼來了？」

「來看看。沒什麼異常吧？」

「抓了兩個探子。」秦瀾往旁邊一指，黎霜順著往旁邊看去，木製的牢籠裡分別關著兩人，一人做鹿城百姓的打扮，可那五官模樣，卻與塞外人沒什麼兩樣。他垂頭蹲坐在木柵裡，神情看起來有幾分沮喪焦躁，應該是其他部落派來的探子。

而另一個……有些奇怪。

黎霜細細打量他，只見那人一身綢緞衣裳。黎霜打小在將軍府裡生活，摸過刀槍棍棒，也識得綾羅綢緞，她瞅他身上這料子，沒有百來金應該買不到。他頭上的白玉簪，玉質溫潤、細白如脂，當是上好的羊脂玉。光從這打扮來看，派出這個探子的國家未免也……太招搖了些。

而且此人五官清秀、溫潤非常，此時他正盤腿坐於牢籠之中，竟是如中原那些道士和尚一般地打坐著。

黎霜眉梢一挑，奇怪地回頭看秦瀾，「探子？」

「拿不准。」秦瀾道，「只是詢問他的來歷，他卻閉口不言；問他來鹿城何事，他也不回答。而今鹿城不比尋常，他行為有疑，便先將人押下，回頭再審。」

「這細皮嫩肉的模樣，看起來像是南方的人。」黎霜走了過去，在牢前站定。

打坐的男子彷彿察覺到了身前有人，他長睫羽一顫，微微抬眼，一雙春水眸柔柔地盯在了黎霜臉上。他黑瞳之中映著黎霜的身影，他看了她一會兒，隨即一勾唇笑開。

「姑娘好生英氣。」

咦，這是在不卑不亢地搭訕？

黎霜挑眉問他：「我屬下說問你什麼都不回答，原來你是能說話的。」

「我只與有緣人說話。」

倒是個奇妙的美男子，不過肯開口就好。

黎霜問他：「我長風營不抓無辜的人，說清你的來歷與來意，出示身分碟書，沒問題的話，現在就可以放你走。不然……」

「不然如何？」

「自是抓去縣衙地牢關著，擇日審問。再不答，就一直關著。」

「縣衙地牢啊……」男子沉思了一會兒，「沒去過，可以去長長見識。」他仰頭望著黎霜溫和地微笑，「妳將我關著吧，不用管我。」

「……」黎霜也無言了。

年年都能遇到幾個奇怪的人，但今年遇見的……好像特別多啊。

「今冬缺糧，想要去地牢裡關著，飯錢得自己付。」

「說得是。」男子覺得很有道理地點了點頭，在身上摸了摸，「我的錢袋好像掉了。」他琢磨了一下，手一抬，捏住頭上白玉簪，抽出。登時，黑髮落下，更襯得他這張臉更比女子溫柔，他對黎霜輕笑，「給，這簪子大概能抵幾頓飯錢。」

這簪子都足以抵他在鹿城地牢裡一輩子的飯錢了。

黎霜沉默地看著他一會兒，不客氣地接過玉簪，「如你所願。」

她轉身離開，男子卻輕輕一喚：「姑娘。」黎霜回頭，只見他仰頭人畜無害的笑著，「近來妳有血光之災，千萬小心身體啊！」

黎霜一愣，無所謂地擺了擺手，「我沒有哪天不是生活在血光之中的。」說完，便轉身走了。

秦瀾瞥了那牢裡笑咪咪的男子一眼，跟著黎霜走出去了幾步：「將軍，此人著實奇怪……」

「關去牢裡，任他如何奇怪，也翻不出什麼浪花來。」黎霜將手中簪子把玩了幾下，「關進牢裡後，多派些人看著他。」

「是。」

又在城門守了一會兒，不見異常，黎霜這才打道回府。

走在路上，聽見有重逢的百姓在感慨地說著：「沒想到今年還能回城過節，真是太幸運了。」

黎霜思索著，這才想起，這段時間一波接一波地鬧了這麼久，竟是離鹿城過清雪節的日子不遠了。

清雪節算是鹿城過大年前的最後一個節日，在這個節日之後，塞北徹底進入大寒天，寒風呼嘯，家家戶戶緊閉門窗，不事農活，不做買賣，從這天之後一直休息到大年過完，三月破寒，方才開始新一年的勞作。

是以清雪節算是鹿城極為重要的節日，大家在這天祭殿先祖、點燃天燈，為接下來的三個月做準備。

黎霜回想起先前黎霆離開時好似與她提到過，若是得空，找個時間回家一趟，可這塞北年年入冬都是萬分緊張的局勢，哪有得空的時候？

退一萬步說，即便真的得空……她也不見得會回去就是了。京城太過精緻繁華，所有關係都得小心翼翼地維護，比不得塞北的粗獷自由。京城，其實是個不太適合她的地方。

黎霜回到自己營帳時，正巧見晉安從她帳裡出來，別的地方都沒有看，一眼就穿過人群盯見了她，隨即向她走來。

她提前蹲下了身，等晉安走到身前，她十分自然地一把將他抱起：「今天沒去給你的黑甲人通風報信啊？」

她用調笑的口吻問晉安，晉安卻認真思考了一會兒：「我給他通風報信，妳不生氣？」

黎霜想了想，「若是之前，恐怕會有些生氣，不過……他也算是鹿城的恩人了。」

黎霜輕輕一笑，「之前有些事他是做得過分了些，不過於家國無害，甚至……還護下了我的國家，我對他氣不起來了。你給這樣的人通風報信，我大概也同樣氣不起來了。」

「那妳願意嫁他嗎？」

「……」

這孩子的思維跳躍程度怎麼和那個黑甲人一樣大？

「這是兩回事。」

晉安皺了眉頭，「為什麼不願意嫁他？妳嫌棄他嗎？長相？身體？還是他不夠厲害？」

黎霜……竟被一個男孩問得無言以對。

「我只是……不瞭解他。」答完了，黎霜一愣，她怎麼被一個男孩牽著鼻子走了。

她瞥了晉安一眼，將他放到地上，「去去去，身體好了就回去訓練。」

她轉身離開，適時正好有副將上前欲與黎霜議事，兩人邊說邊入了主帳中。

晉安只在帳外看著黎霜進去的方向認真道：「妳會瞭解他的。」

他會讓她瞭解他的。

長相也好，身體也好，什麼都願意給她看，什麼都願意讓她瞭解，只要她想知道。

清雪節前一天，鹿城百姓大多都回到家裡且安頓完畢了。按照習俗，清雪節前的夜裡，鹿城之中會舉行燈會。

只是今年城外局勢緊張，百姓們剛逃難歸家，準備不充分所以導致節日氣氛不比往日濃厚，可大家過節的情緒卻是前所未有的高漲。

鹿城之中家家戶戶張燈結綵，天上飄著小雪，雪白的城景襯得紅燈籠更加嫵媚。百姓高興歸高興，城牆之上的巡守卻半分也不能放鬆。

黎霜領著親衛上城牆巡了一會兒，見並無異常，便下了城牆。剛回到軍營，得見幾個將軍烤了肉來，分與士兵們共同享用。

羅騰給黎霜拿了最大的一塊肉來，「將軍，平日裡發下來的餉銀都沒處用，咱們幾個合計了一下，趁著白天集市，去買了好些肉來，讓那原來城守的廚子給烤了。明天過節，今晚分給兄弟們補補身體，來，我把最好的留給妳了！」

黎霜看著那塊比她頭更大一些的肉失笑道：「怎麼，我看起來比你還能吃？」

「能吃是福！」羅騰道，「那些閨中娘子，吃東西沒貓舔得多，整日病厭厭的，看著都不敢碰一下，哪像將軍妳這樣經得住打。」

秦瀾在黎霜身後瞥了他一眼，「羅騰，忘形了。」

羅騰反倒大手一揮，「嘿，咱們將軍哪在乎這個！來，將軍！」他把肉又往前送了一點。

黎霜哭笑不得地接過，「得了。趕緊吃吃，吃完了就回去戒備。」

「得令！」

黎霜拿著一大塊烤肉回了自己的帳中，這肉烤得不錯，色澤金黃，不肥不膩，她以小刀切了一塊下來，一口咬下，表皮酥脆內裡軟滑多汁，入口極有彈性。

黎霜邊吃邊點頭，李章義府上的廚子不錯，難怪他會吃得一身肥油。

割了兩塊肉吃完，黎霜突然想起了晉安，那孩子現在正是長身體的時候，讓他多吃點肉沒壞處，便命人去把晉安叫來。

在他來之前，她就負責切肉，幾刀下去，將骨頭與肉切開，裝進了碗裡。

剛做完這些，軍士空手回了來，回報道：「將軍，又找不到那男孩了。」

黎霜心下一琢磨，大概又是出去給人通風報信了。

可這段時間軍營裡也沒發生什麼事，他能報什麼信？關於她的日常生活瑣事嗎？

黎霜擺擺手，讓軍士下去了。

此時，營外鹿城的燈會正到了熱鬧時候，外面開始鬧騰起來，黎霜分神往營外望了一眼，正巧秦瀾進來撞見這一幕。

難得見黎霜對這些事感興趣，秦瀾嘴角微微一翹：「將軍，今日鹿城燈會，營中別無大事，不如將軍出去走走吧。這些時日來，心弦也繃得過緊了，理當放鬆一下。」

這個提議讓黎霜心口一動，「軍營……」

秦瀾唇角笑意微微一深：「有屬下在，將軍放心。」

「好。」黎霜站起身來，「我出去逛逛就回。」她起身離開，還不忘吩咐讓人將剩下的烤肉送到親衛營裡去，以免浪費了難得的美味。

黎霜悄悄出營，不便過於聲張，她便只要了一名親衛跟著行動，秦瀾讓季冉跟著她。季冉身形高大，在整個長風營裡也算得上數一數二的挺拔，外面燈會人多，有他給黎霜開路，想必定是順暢無阻。

事實也如秦瀾所料。

鹿城的這場燈會，算是一年到頭最大的一場交易集市，大家都會在這一天置辦好接下來幾個月裡需要的東西，所以集市尤其熱鬧，人也格外得多。

黎霜與季冉去了集市，看見這麼一個大個子，百姓們都下意識地往旁邊讓了一步，黎霜在擁擠的人潮中走得很自在。

逛過一個個路邊小攤，黎霜本來只打算隨意看看，享受一下難得的喜慶，可忽然間她目光卻停在了一個小攤前。

小攤上全擺著面具，而且還是統一的黑面甲，這面甲的模樣，竟與那神祕男子所帶的沒什麼兩樣。

黎霜停下了腳步。

「小哥。」她拿起一個黑面甲來，喚了老闆一聲，「往年沒看見有賣這個面甲的，今年為何製了這麼多？可是塞外有什麼新起的部落或國家有帶面甲的習俗？」

「哎呀，客官您不知道啊？」小哥剛打包好了一個面甲，遞給旁邊一個帶孩子的婦人，孩子歡天喜地地接過黑面甲，馬上就戴了起來。

小哥收了錢，繼續道：「前些日子城外不是打仗嗎，西戎大軍壓境了，大家都慌得不行，全部逃難去了，本以為今年是沒個安生日子可以過，結果啊，咱們長風營出了個英雄！」

「長風營出了英雄？」黎霜轉頭看了季冉一眼，季冉也是一頭霧水。

「對啊！聽說那個英雄身形健壯、威武非常，以一人之力救下了亂軍之中的黎霜大將軍。黎霜大將軍你們知道吧，就是那個巾幗豪傑，長風營的守將！嘿！那女子可厲害了……」

黎霜打斷他：「先說英雄。」

「哦，好。那個英雄啊，在戰亂中救下了黎霜大將軍，然後於百里之外徒手射死了那禍國賊李章義，最後還隻身獨闖西戎大軍，斬下了那西戎大將的腦袋！最後他提了腦袋，霎時縮地成寸，轉眼回到了戰場之上，將那西戎大將的人頭往地上一丟，硬生生將那十萬大軍嚇得撤軍三十里！」

小販顯然平時沒少講這段，說得是眉飛色舞，旁邊頓時圍了不少人。

季冉咳了一聲，湊到黎霜耳邊小聲問了句：「將軍，是這樣嗎？」

那日城門前戰亂，季冉只忙著悶頭殺敵，等他反應過來時，已經是敵人撤軍的時候了。收兵回了鹿城，他才知道是有人斬了西戎大將。

下面的軍士鬧得沸沸揚揚，可又因為他是黎霜的親衛，一般軍士皆不敢來與他們鬧騰，而上面的將領口風又緊，他們不敢問，所以那日的情況還有這些下面的傳聞，親衛營裡的親兵大概是長風營裡知道最少的人。

「順序錯了點，描述得也誇張了點……不過大概是這麼回事。」

什麼縮地成寸，還弄出妖法來了，黎霜真是哭笑不得。

季冉卻是驚得眼睛都亮了起來。

只聽那小販繼續道：「這還不算完，那英雄後來連斬兩名西戎推選出來的大將，一共拿了三個人頭！個個都是重量級人物啊！最後那日又隻身入敵營，燒了對方的軍營，直接將那些西戎的豺狼燒得屁滾尿流，頭也不回地逃走了！」

「好！」

「好！」

旁邊的圍觀群眾開始鼓掌叫好。

「這樣的英雄，卻連名字也沒有留下！唯一讓人記得的，就是他臉上戴著半張這樣的……」小販順勢拿起了自己攤上的一副黑面甲，「這樣的面甲！」

「來！我買一個！」立即有人遞了錢上來。

有了第一個，就有第二個，接二連三的，剛才圍在旁邊看熱鬧聽故事的人竟然都掏錢買了黑面甲，老闆一時間錢都快數不過來了。

黎霜很快被人群擠到了旁邊。

她倒是不急，從角落的縫隙裡抽了一個黑面甲出來，拿在手裡把玩了兩下，隨即拇指一彈，一塊碎銀徑直掉入那小攤販掛在腰側的荷包裡。

黎霜取了黑面甲，不動聲色地離開。

季冉在旁邊不解地問：「將軍，您買這個做什麼？」

「我看有人臉上的面甲戴得久了，下次換個新的給他。」

季冉聞言一愣：「將軍……您說有人，是指那個黑面甲的神祕人嗎？」

黎霜笑笑，並不答話。

餘光微微在人群外的角落裡輕輕一瞥，那處的樹影無風自動，她了然於心，並不點破，只拿著黑面甲往臉上一帶，轉頭看季冉：「如何？」

季冉立即站直行了個軍禮：「將軍無論如何都威武！」

他聲音答得大，旁邊立即有人看了過來，黎霜還沒來得及說他，旁邊便傳來了一個女生輕軟的聲音：「季大哥？」

黎霜尋聲看去，是個可愛的小丫頭，臉上有兩個淺淺的梨渦，看起來十分甜美，是塞外姑娘裡不可多得的輕軟溫柔。

季冉也轉頭一看，笑了起來：「哦，陸姑娘。」

陸姑娘目光很快就在黎霜身上轉了一圈，黎霜立即道：「妳識得我親衛？」

「親衛？」她反應過來，「啊！妳是……」她轉頭看了看四周，壓低了聲音，「黎將軍。」

黎霜客氣一笑，「幸會。」

「哪敢……我……我就是聽到季大哥聲音，來打個招呼，冒犯了將軍……」她頭埋得低，很是不好意思。

旁邊季冉便幫著說了句：「這是城裡陸家藥鋪裡的姑娘，上次晉安病了，我便是到他們家鋪子買的藥。即使是戰亂中，陸老闆也不肯離開鹿城，說是萬一打仗有了傷兵，還可以用他們家的藥來救治，極為令人敬佩。」

黎霜點頭，她瞥了眼陸姑娘臉上的紅暈，了然一笑：「是很讓人敬佩。想必陸姑娘也是位極好的姑娘，你們先聊，我去旁邊看看花燈。」

黎霜抬步要走，陸姑娘望著她的眼睛裡滿是星光和感動，而季冉卻道：「這怎麼行！秦副將命我來陪伴將軍，屬下堅決不離將軍半步，誓死保護將軍！」

看著自家親衛堅定的眼神，黎霜一時間竟找不出任何話來反駁。

她又看了眼旁邊面帶失落的陸姑娘，隨即心頭一動，「既然這樣，可否勞煩陸姑娘幫一個忙？我對燈會不太熟悉，可否有勞陸姑娘跟我一道，為我解說一下？」

小丫頭自然一口答應。

黎霜走在前面，刻意將身後空間留給了兩人。

她的親衛她最清楚，都是些大男人了，要找個成親的不容易，可不能連累下屬與她一起打光棍啊，能湊一對是一對吧！

一路上，黎霜帶著黑甲面具走走看看，但聽身後陸姑娘偶爾解說一下旁邊的東西，順道跟季冉搭話：「這個小吃是鹿城特產，將軍和季大哥可有嘗過？若是沒有嘗過，下次我可做了送與你們嘗嘗。」

黎霜的回答不重要，她點個頭含糊帶過，身後的季冉卻認真道：「將軍不能吃軍營之外的東西，怕有毒。」

「……」黎霜回過頭，用無可救藥的眼神看了季冉一眼。

季冉接住了黎霜的眼神，卻沒有領會到她的意思。最後黎霜只能同情地看著旁邊瞬間沉默下來的小姑娘，覺得她萬分可憐。

她身邊的親衛啊……難怪都找不到媳婦。

這時，難過的小姑娘腳下一個踩空，往前面一撲，眼看就要跌得慘了。

季冉反應極快，立即一手便將她撈住了，他的手臂大概足以舉起十個姑娘，這一把撈得妥當，黎霜心頭暗暗叫了聲好。

腳下不動聲色地踢了一個石子，正中小姑娘的腳踝，姑娘輕輕呼了一聲痛，黎霜立即道：「可是扭到了？」

陸姑娘一句：「沒……」字都開了頭，一抬眼徑直透過那張黑面甲面具瞅見了黎霜誠意十足的目光，她比季冉聰明，連忙改口：「沒……有太嚴重。」

季冉皺眉：「扭到了？」他蹲下去要看，黎霜立即攔了他。

「你這像什麼話！人家一個大姑娘，能讓你當街脫了鞋看傷口？既然她家是開藥材鋪的，定當有藥治這種小扭傷，你將她送回家去吧，讓她家人來整治。」

「是。」季冉應了，扶了陸姑娘，隨即又反應過來，「那將軍您……」

「我就在這裡等你回來。附近都是平民百姓，能出什麼事？」

季冉想了想，最後也只得應了。

看著他背著那陸姑娘離開，黎霜負手一笑，信步往前走了一段，她垂頭看著地上的積雪，忽然間，只聽「碰」一聲，是鹿城最中央的地方放起了煙花。

黎霜仰頭一看，沒有看見煙花，而是看見了擋在自己面前的人。

煙花在他背後綻放，他像是從那虛無縹緲的美麗裡走出來的傳說，像是幻覺一樣的存在。

每次出現都這般神祕且詭異得及時。

他帶著與她一樣的黑面具，隔著面具，他們看見了彼此眼睛中的自己。

黎霜笑了笑：「英雄，別來無恙？」

「無恙。」他看見黎霜笑，眼睛便也微微彎了起來，「妳見到我開心嗎？」

開心嗎？好像……有點吧。

知道他沒有大礙，知道他還活蹦亂跳，的確是有點開心……吧。

鹿城內的煙花炸得漫天絢爛，讓塞北枯冷的寒夜裡也多了幾分繽紛與溫暖。

數不清的行人在街道上仰望煙花，或笑或鬧，唯有街道的正中間，兩人相視而立。

他們都帶著面具，讓旁人看不清面目，不過這次的集會上，滿大街的也都是帶著黑面甲的人，倒變得不那麼引人注目了。

黎霜正琢磨著要怎麼接男子的話，後面倏爾有幾個男孩瘋瘋打打地跑了過來，看似快要撞到她身上了。

要是往常，黎霜是斷然不會被人撞倒的，可今日她心思都放在面前這人身上，男孩來了她也沒躲，直到跑到她身後了，她忽覺自己手臂一緊，卻是被人給帶進了懷裡。

這已經不知道是第幾次被這人猝不及防地抱住了，黎霜一時間竟沒有覺得抗拒，反而在他懷裡站了一會兒，直到這懷抱突然鬆開，她才反應過來。然而她反應過來之後的第一個想法卻是……

咦，他怎麼自己鬆開了？

她望著男子，只見男子另一隻手已經抓住了那險些撞到黎霜的孩子。

「看路。」他語帶凜冽，被抓住的那個孩子一下就懵了，呆呆地盯著黑面甲的男子，望著他鮮紅的眼睛，嚇得將哭未哭。

連一個男孩的衝撞都如此護著，黎霜覺得有點不自在，她咳了一聲：「無礙，讓他走吧。」

他依言放手，而就在他放手的一瞬間，男孩嘴一撇，哇一聲哭了出來，其聲之大，令周圍人齊齊側目。

黎霜不是很擅長應付孩子，當即便尷尬起來。

她一個大將軍，在大街上弄哭了男孩，這被認出來了，也不是什麼光鮮的事情。她正要想個法子哄一哄，卻被對方一抓手腕，不由分說地帶她離開了這吵鬧的大街。

「等等——」黎霜在身後喚他，「那男孩哭了……得先哄哄……」

晉安腳步一頓：「哭了妳就要哄？那我哭了，妳哄嗎？」

這照理說應該是句反諷，可他說得那麼認真，一時間竟讓黎霜無言以對。好像她說一句會哄，他就真的會馬上哭出來一樣。

「好了……」黎霜揉揉額頭，發現自己實在不擅長應付此人，她想要掙開被他抓住的手腕，當然無果，便只好由他抓著，邊走邊問，「你這次又是來做什麼？」

「讓妳瞭解我。」

果然……晉安那小子又去通風報信了。

黎霜嘆息一聲，「瞭解這種事是慢慢來的。」

「為何？」

「什麼為何？」

「為何要慢慢來？」

「因為……」黎霜一抬頭，才發現自己被牽著走進了一條相對安靜幽深的小巷裡。

主街上的煙花還在劈里啪啦地炸，映得他鮮紅眼瞳中顏色不停變換。

嗯，他的眼睛真的很美。黎霜不合時宜地冒出了這個想法，隨即又很快地被理智壓下。

她深吸一口氣，「路遙知馬力，日久見人心，要瞭解一個人，必須得花時間。」

「不用日久。」晉安身形一轉，在狹小的巷子裡，貼著黎霜站著，黎霜便輕易地被他逼在牆角邊。他拉著她的手，貼上自己的心口，「妳現在就可以知道。」他湊近她，氣氛曖昧撩人，「這裡全是妳。」

黎霜一時間……發現自己臉紅了。

在漫天雪花、人聲鼎沸的鬧市角落，被他胸口的溫度，灼燒得臉頰發燙。

就在她怔然之際，晉安拉著她的手，讓她摸到了自己的面甲上：「只要妳想，妳就可以瞭解我。」

他鬆了手，黎霜鬼使神差地就挑動了他繫在耳後的面甲繩索。

面甲與雪花一同落下，陷入積雪的地面，輕輕一聲，卻也同時陷入了黎霜心裡。

面前這人，火焰紋燒上眼角，不曾令他面目恐怖，反而更添幾分異域魅惑。他……長相與她想像得差不多，卻又有些許偏差。

鼻梁更高一點，眼角弧度更犀利一些，這五官組在一起，完全是懾人心魄的美麗。

黎霜難得為一人面容而呆滯。

這人眼裡，也全是她的影子。

「妳還想瞭解我什麼？」因為沒了面甲的遮擋，他的神情更清晰地展現，那雙透亮的眼眸裡，光華不曾有半點波動。

他拉著她的手，從臉頰上滑下，放在了衣襟上。

黎霜指尖一緊，這人不會是想在這裡讓她扒了他衣裳吧？荒謬！

不過……他什麼荒謬的事做不出來！

黎霜登時一慌，連忙抽回手，「不不不……別的不用看了。」至少不能在這裡看啊！成何體統！

晉安好像有點失落，「妳不想瞭解我了？對我沒興趣了？」

黎霜一愣，這問題問得……怎麼回答都裡外不是人啊……

適時，巷子外一陣煙花急速綻放，最後歸於寂靜，今夜的煙花表演結束了。

黎霜咳了一聲，開始找藉口遁走：「煙花結束，我該回營了。」

晉安眸色微黯，像是一隻即將目送主人離開的小狗，看得黎霜心頭一緊。

她告訴他，同時也告訴自己：「我得走了。」

「……好。」晉安艱難地回答了一聲。

就在黎霜即將轉身離去時，天空傳來「咻」一聲，是一隻煙花直直向長天寒夜之上衝去，百姓們發出了驚嘆，而晉安也再次拉住了黎霜的手腕。

「還有最後一響。」

他將她拉進懷裡，黎霜就只來得及聽到了他呢喃的這句話，隨即唇上一暖，他的唇瓣壓了下來。

天上巨大的煙花爆開，幾乎照亮了塞北黑夜，發出的巨響令人眩暈，而黎霜便在這樣的眩暈中受了他熾烈非常的一吻。

煙花的光華墜落，黑夜恢復黑暗的一瞬間，面前這人如剛才黎霜所說的那樣，在煙花結束之際，離開了。

徒留她呆站在小巷中，掩著微微紅腫的唇瓣，怔然失神。

這是個登徒子，像個感情流氓，有點可怕，可不知為何，黎霜卻竟然不再像第一次被他親吻時那般生氣了。

她甚至……

「呼……」黎霜長長舒了一口氣，心裡琢磨，還是趕緊寫一封家書回去，讓爹別急著給她籌備親事了，她在塞外把喜事辦了得了。

她這個身體，不得了了，都開始躁動了。

好不容易冷靜下來，黎霜一轉身，想從巷子裡出去，可恍然一抬頭，倏見長街對面有個披頭散髮的男子拿著一串糖葫蘆，邊舔邊盯著她看。

然而一部馬車駛過後，那人卻竟不見了蹤影。

黎霜皺起眉頭，剛才那人……竟與之前在鹿城城門前抓住的那個奇怪「探子」有幾分相似。還是說……剛才那個人就是他？

不可能，那人不是被關進了鹿城大牢裡嗎？

黎霜心頭有了猜疑，連忙趕回長風營。

剛回到營中，她還沒來得及詢問男子是否還在地牢，卻見秦瀾急匆匆地來報：「將軍，太子已在前往鹿城的路上了。」

黎霜一怔，一時間有些無法理解這條消息的意思：「誰？」

秦瀾望著黎霜，眉目微微垂了下去，「皇太子將來鹿城坐鎮邊關。」

黎霜只覺思緒亂了一瞬，隨即很快又鎮定了下來：「哦。」她點了點頭，「聖上怎會派太子前來呢？他金貴之身，如何能受這塞外的天寒地凍。」

秦瀾默了一瞬，「前些日子西戎大軍壓境，軍情情急，太子殿下當朝請戰，前來塞北鎮守邊關。聖上見他來意堅決，便允了他的請求。」

「嗯。」黎霜明瞭，聖上必定是想讓太子前來歷練一番，若是能立下軍功，自然是更好，與他未來帝業或有助益。

未曾想……

「未曾想西戎撤軍如此之快，但太子殿下也已出發至涼州，到鹿城不過兩日路途了。」

「好生安排一下。」黎霜吩咐，「不可怠慢了。」

秦瀾領命，闔首，本欲退下，腳步卻是頓了一頓，終是抬頭望向黎霜：「將軍您已在塞外多年，而今西戎既然撤軍了，這個冬日，將軍不如回京……」

黎霜一笑，擺了擺手：「秦瀾不用操心我，等太子來了，你操心他就好。」

看著黎霜轉身離開，秦瀾的話卡在喉頭，最終還是沒說出來。

黎霜回了主帳，點起燭火，呆坐了一會兒。

太子啊……多少年沒見過了……

黎霜一聲嘆。

過完了熱鬧非凡的一夜，在清雪節這一天，整個鹿城的百姓都開始祭祖，氣氛較前日肅穆幾分。

然則這一天裡，鹿城發生了兩件大事。

其中一件事是鹿城地牢裡的一個囚犯跑了。

鹿城的地牢因著經常關押塞北最為凶悍的囚犯，修得異常牢固，守衛也十分森嚴。黎霜入城後，更是直接派了長風營的將士去看守牢房，以免其中關押的重刑囚犯趁亂脫逃。

在這樣的重重守衛中，那個五官精緻、衣裳華貴的男子，竟然從地牢裡面逃出去了。

不只逃，他還留了封書信下來，其中大意是：地牢和我想像中有點不一樣，太黑了，我住不慣，提前離開，多有叨擾，還望恕罪。

言詞懇切，像是一個老友在與她道別……

黎霜哭笑不得，這人不僅從地牢裡逃出去，還去買了筆墨紙硯，寫了封信，再跑回地牢，將信放在裡面，最後才離開。能一夜之內越獄兩次，想來其身法武功必定深不可測。

這麼說來，昨天夜裡在小巷見到的那人，必定是那神祕的華服男子了。

這人在寒冬之際來塞北，到底意欲何為？

在黎霜下令去追查男子之後，另一件事也發生了。

東宮太子司馬揚先大部隊一步趕來鹿城，預計午時後片刻便能到達鹿城。

黎霜得此消息後，立即點兵，著所有將領與親衛候至鹿城城門之外，恭迎太子大駕。

這些日子，晉安白天也都隨親衛們活動，今日親衛盡數出城，他也跟在了後面。他個頭小，站在人群背後，沒有人注意到他。他也懶得去關注別人，目光只穿過人群，遙遙地落在最前端的黎霜身上。

只見黎霜望著塞北長天大地，神色沉凝，嘴角微微抿起彷彿隱忍了什麼情緒。

晉安困惑，她不開心？為何？

羅騰身為黎霜副將，與秦瀾一同站在她身後兩步，正值午時，羅騰肚子餓得咕咕直叫，他是個粗人，揉了揉肚子低頭抱怨：「這太子，趕在飯點來做什麼……」

秦瀾斥他：「不想要腦袋了？」

羅騰摸了摸脖子，嘆了口氣：「天寒地凍的，也不知太子什麼時候能到，才站一會兒，我腳都僵了。」他望了眼黎霜，「將軍，剛才來得急，我忘了拿披風，可否回去拿件衣裳？」

「去吧！」

「哎，好，將軍妳的披風要給妳一併拿來嗎？」

黎霜默了一會兒：「拿來吧。」

一般時候，黎霜怕麻煩，是絕對不會請人順便拿的。只是今日她隱隱覺得下腹有些墜痛感，實在不舒服得不行。

她久居塞外，體內寒凍，又經常騎馬打仗，所以月事常年不準。常常好幾月不來，一來也只有兩三天，而這兩三天便劇痛難耐，一般前一天便開始疼，一直疼到月事結束還得緩上幾天。

她身邊將領都是一個賽一個的糙漢子，她這些疼痛從來不便與他人言說，隔幾個月忍一忍，也就過去了。

沒想到這次正好在司馬揚來的時候疼……

司馬揚素來心細，被他看出就尷尬了，黎霜讓羅騰拿披風來保保暖，希望待會兒能緩緩疼痛，應付過去。

在羅騰拿來披風後沒多久，遠方官道之上忽見塵土飛揚，是一騎騎快馬向著鹿城奔馳而來。馬蹄震地，越過前方的小小高地，直直衝向這方，臨到黎霜前方三尺，為首之人拉馬急停，一聲昂揚嘶鳴，馬蹄高高揚起。

適時，午時的太陽當空，來者宛似立在了太陽中一般耀目。

黎霜不自覺地微微瞇起了眼。

馬蹄落下，身著絳紫色華服的男子坐與馬背之上，髮絲微亂，面容因為長途奔波而帶了幾分滄桑，但這並不影響他眉宇間的威嚴。得見黎霜，那份嚴肅威嚴退卻幾分，染上了些許溫和。

他凝視著她，翻身下馬，行至黎霜身前，還未來得及多說一句，黎霜倏爾俯首一拜：「長風營守將黎霜，叩見太子殿下。」

司馬揚微微伸出的手在空中一僵，隨即收了回去：「霜……黎將軍多禮，請起。」

黎霜站起身，恭敬地退到一邊：「太子勞累，還請入城休息。」

司馬揚望著黎霜，沉默不言。

他不說話，其他人自是不敢動。直到最後見得黎霜唇角微微顫抖了一瞬，司馬揚眸光微深，這才轉身往城內而去，身後的將領與親衛盡數避到了兩旁。

然而沒走幾步，司馬揚卻頓住了腳步。

在他面前擋著一個男孩子，孩子仰頭望著他，目光不卑不亢，也沒有行半分禮。

黎霜跟在司馬揚身後，抬頭便見了這一幕，她眉頭微微一皺：「晉安。」

晉安目光立即往身後一轉，落在了黎霜身上。

黎霜對他道：「還不拜見太子殿下。」

晉安眉頭一皺：「為何要拜他？」

此言一出，城門口的軍士們都愣了一瞬。與太子隨行的親衛當即眸光一厲，喝斥道：「放肆！」

黎霜護短，輕咳一聲，解釋道：「殿下，這是臣等在塞外拾來的孤兒，還未來得及讓他入學，失了禮數，望殿下恕罪。」

司馬揚回頭看她：「妳撿的？」

「是。」

司馬揚嘴角微微一動，帶著三分打趣道：「這脾氣與妳小時候有幾分相似。」他語氣熟稔，讓黎霜憶起了多年之前，阿爹將她撿回將軍府時，她第一次見到彼時還是個少年的太子，也是不由分說地將他冒犯了一通，甚至比現在的晉安冒犯得更厲害……

她直接在司馬揚腹上狠狠揍了一拳，將他打得好幾天吃不下東西，幸虧當今聖上大度，未曾與她計較。

而後，她與司馬揚也算不打不相識，從此打打鬧鬧的，彼此督促著長大，直到現在。

思及往事，黎霜故作冷淡的眸色暖了幾分。

司馬揚見狀，笑意多了幾分：「既然是妳撿的孩子，這冒犯的罪，便由妳來賠吧。」沒再給黎霜開口的機會，他邁步向前走，路過晉安身邊，手掌便去摸晉安的腦袋，卻不想竟摸了個空。

司馬揚眉梢微微一挑，「練過？」

晉安不想回答他，只道：「我不喜歡你，你離我遠點。這是第一次，再有下次——」

「晉安。」黎霜適時喝止了他。她揉了揉眉心，「你過來。」晉安乖乖走了過去，黎霜牽起他的手，小聲道：「乖乖的，別說話。」

司馬揚看著覺得好笑，只道黎霜是在這塞外待得無聊了，撿了個孩子來寵著養，他不再計較，轉身向城內去。

見司馬揚身影消失，黎霜才蹲下身與晉安道：「別人怎麼樣我不管，甚至我也無所謂，但你的話，我希望你以後盡量不要這樣和他說話，知道嗎？」

「為什麼？」晉安皺眉，「妳怕他嗎？」他霎時涼了眉目，「我幫妳殺——」

「噓！」黎霜眉目一肅，「誰都可以，可不能在他面前放肆。他在鹿城的這段時間，你不要靠近他就是了，剛才這種話，也不可再說。」

晉安眉頭皺得極緊，「為何？」

黎霜摸了摸他的頭，「乖，你聽話。」因為他是君，而他們是臣，其他人要動晉安，她都可護得，唯獨天家之子，他說殺，她便毫無選擇。

晉安沉默地望著黎霜，見她眸光堅定，便忍住了喉間的話，沉默以對。

黎霜只當他是聽進去了，揮手讓親衛帶他回營地裡，她則領著其餘將領一同入了城。

太子身分金貴，自是不能住在簡易的軍營裡。

前城守李章義的府邸便暫時成了司馬揚的行宮，府中事宜皆已安排妥當，新上任的城守誠惶誠恐地接待了司馬揚。

待黎霜等人到了城守府邸時，司馬揚已在大廳裡坐罷，聽新城守稟報了不少事。

城守報了長風營戰士與守城軍士們的威武，對於那名關鍵性的黑甲神祕人卻一筆帶過。

哪想司馬揚不問別人，第一句便關心到了那黑甲人身上。

見黎霜一來，城守連忙將回話的責任扔到她肩上：「殿下，戰場上的事，黎將軍比臣清楚許多，可由黎將軍代臣言之。」

司馬揚不動聲色地啜了口茶：「你是鹿城城守，雖是戰中臨時任命，卻也該有自己的擔當。連鹿城發生的這般大事都表述不清，留你何用？」

城守當即嚇得腿軟，連忙磕頭求饒。

黎霜見罷，並未搭聲，直到司馬揚嫌吵了，讓他退下，堂中才清靜下來。

城守堂中並不寬敞，此時跟著黎霜來的便也只有身邊幾個副將，外面守著親衛，場面比在城外接駕時小了許多。

司馬揚放下茶杯，隨手指了一方，讓黎霜先坐了下去，才道：「我從京中出行之日正是西戎大軍壓境之時，一路疾行趕來，時間尚不足半月，西戎便已退軍而去，倒讓我撲了個空。」他與黎霜說話，架子便卸下許多，他抬眸含笑望著黎霜，「我這一路來對妳的擔心，也是白費了。」

這話說得曖昧，秦瀾立於黎霜背後，放在身側的手微微一緊，只低頭垂目，靜默不言。

黎霜立即起身抱拳，躬身行禮：「謝太子關心，臣等得天庇佑，安然無恙。」

她這一板一眼的模樣令司馬揚默了一瞬，他沉默地讓黎霜起身，隨即例行公事地問了些鹿城布防、聊了聊那神祕的黑面甲人。

說來說去，除了黑甲人在戰場上出色的表現，眾人對他的來歷和行蹤並沒任何頭緒。司馬揚讓黎霜著人下去好好查查，這樣的人，誰都想將其抓在手裡，若此後能留在長風營為大晉所用，想必是如虎添翼。

正事聊罷，城守府上便開始籌備起太子的接風宴。

黎霜找了個藉口先行離開。

回營路上，秦瀾在她身邊悄悄問了句：「將軍可要去今晚的接風宴？」

黎霜看了他一眼，心道秦瀾素來仔細，想必是看出了她不想與司馬揚有過多接觸。

她嘆了口氣：「太子親自前來，我自是要好生招待，未免生事之徒傳我君臣不和。」

接風宴她必須去，卻不是為了見太子，只是為了穩定邊塞局勢。鹿城雖然離朝堂甚遠，但朝堂上的爭鬥未必不會延伸到這裡。

前城守李章義是宰相的人，李章義雖死，可宰相的勢力在鹿城中並未完全拔除。宰相乃三皇子的舅父，朝堂上向來支持三皇子。

黎霜的爹則與皇后家有千絲萬縷的關係，他自幼看著司馬揚長大，自是處處護著司馬揚。而今聖上年邁，朝堂上的儲君之爭自是越演越烈。

司馬揚來到邊塞，做得好是立功，做不好被宰相的人抓住把柄，必定被好好彈劾一番。

黎霜便是不為著司馬揚著想，也要為將軍府打算。一榮俱榮，一損俱損，她在京城參與的政事不多，這個道理她還是明白的。

她得在鹿城好好護著太子，最好能護著他立下軍功，只有這樣，將軍府才能得到最大的好處。

「備好我的禮服，諸位將軍也穿得隆重些，今夜的接風宴要好好參加。」

秦瀾頷首稱是。

回了營裡，黎霜下腹猶如針扎似地疼痛，她飲了許多熱水，仍緩解不了什麼疼痛。

下午推去了大部分事務，黎霜謊稱自己有些疲累，要睡一會兒，不讓任何人來打擾。

她在床上抱著肚子忍痛，外面卻傳來了爭執之聲。

親衛在斥著：「將軍說了不讓人來打擾的，你這小子放肆狠了！」

「別以為你是孩子我就不揍你！」

黎霜瞇了眼往外面看，正巧見得門簾一掀，是小小的晉安闖了進來，他身後跟著兩個親衛。

見黎霜躺在床上，親衛們立刻放輕了聲音。

「混小子，快點出來！別吵了將軍！」

黎霜縮在被子裡沙啞地應了一聲：「無妨，讓他進來吧。」

親衛道是黎霜被吵醒了，也不敢多問，應了句是便退出去了。

晉安小胳膊小腿地跑到黎霜床榻邊，將她的被子拉了些許下來，見她微微蒼白發著汗的臉，心頭一慌，極為小心地問道：「妳病了？」

「有點腹痛而已，無妨。」

晉安很是憂心：「妳身上有血的味道。妳受傷了？哪裡傷了？」

他問著，因為年紀太小，看著竟有點像心疼得要哭出來的模樣。

黎霜覺得好笑，又想這孩子竟然能聞到她身上血的味道，果真是五感比尋常人靈敏許多。

可她今日身上這個血……有點不好解釋。

「沒事。」

「不要騙我。」晉安面色沉了下來，卻因為稚氣的五官，沒生出多少威嚴，「妳身上的血味很濃厚，我遠遠就聞到了。」

黎霜有些頭疼，她要怎麼和一個小男孩解釋這個問題……

她想了想，解釋道：「是，我生了一點小病。你不要聲張，讓季冉帶你去集市找一家姓陸的人開的藥材鋪，裡面有位陸姑娘，你悄悄告訴她我的症狀，然後帶著她來看我。」

黎霜本想著要去參加接風宴的，但她疼成這樣，要是被司馬揚看出來，少不了得一番追問。她實在不想和司馬揚有過多交集，只能盼著吃點藥，熬過這一晚了。

「好。」晉安應了，抬手攏衣袖，幫黎霜細心地擦了擦額頭的汗。

黎霜望著他霎時有點愣神。

「我馬上回來。」他留下這句話，飛快地跑了出去。

黎霜拍了拍自己的額頭，覺得自己大概是有點疼得迷糊了，看著小小的晉安，竟覺得他的目光與昨日夜裡吻了她的那人那般相似。

晉安找到了季冉，對方一聽是將軍的命令，立即行動起來，帶著晉安去了陸家的藥材鋪。

陸欣正在搗藥，見季冉來找她，還沒來得及臉紅，一個男孩便飛快地跑上前，拽了她的衣袖，將她拉得蹲了下去。

男孩湊到陸欣身邊，將黎霜的症狀一說，陸欣愣了愣，隨即反應過來：「啊。」她有點臉紅地咳了一下，「你們等等，我去拿點東西。」

陸欣手腳俐落，沒有半分拖延，只是在回軍營的路上，季冉走得快，晉安走得比他更快。

陸欣在後面跟得十分吃力，偏偏季冉還問她：「將軍讓妳去幹什麼？」

她思索了一下，回道：「將軍說身子有些疲乏，讓我去給她按按穴位。」

這個理由很好，季冉便不再問了。

終於回到了軍營，三人已在大冬天裡出了一身的熱汗。

來到主帳前，季冉守在營帳外，陸欣與晉安則進了帳。

見黎霜一頭冷汗地在床榻裡睡著，陸欣當即蹙了眉：「怎麼這麼嚴重？」

晉安只覺心頭一痛，「多嚴重？」

陸欣想掀黎霜的被子，但發現晉安還在旁邊，連忙道：「我要褪了將軍的衣裳為她施針。」

晉安望著她，沒動，一臉「那妳趕快施針啊」的表情。

「你雖然小，但還是得出去。」陸欣出聲趕人。

晉安雖然百般不願，還是被推了出去。別的事他可以任性，但事關黎霜，他絕對不能耽擱了她的治療。

出了帳，晉安沒有在門口等，反而繞到了營帳另一邊，那邊比較靠近黎霜的床榻。他趴在營帳上，聽見裡頭的黎霜發出痛苦的呻吟，他覺得心口像被撕開一樣疼痛。

以前離得黎霜遠了，他就會有心頭肉被鉤子鉤住、撕扯開的痛感，現在明明待在黎霜身邊，竟也有了這樣的痛感。

她在裡面，她在疼痛，他恨不能以身代之。卻無可奈何。

這樣的疼痛持續了很久，直到黎霜的氣息慢慢平穩下來，晉安方才心有餘悸地進了帳。

帳外親衛都道是陸姑娘在裡面給將軍按摩，這小子似乎也極得將軍照顧，便只瞥了他一眼，任他進去了。

晉安入帳時，黎霜已經從床上坐了起來，陸欣給了她一塊藥片，讓她含在嘴裡。

黎霜看著晉安，笑著招了招手，「來。」她抬手揉了揉晉安的腦袋，「多謝了。」

晉安只驚魂未定地盯著她，「妳好了嗎？」

「好了，不疼了。」

晉安垂頭，抓住了她的手，「妳以後也別疼了。」

黎霜心頭一暖，淺笑道：「好。」

雖然答是這樣答，可黎霜身體怎麼樣，她自己清楚。

陸欣在旁邊還是不由得說了句：「將軍，您的身子要注意調養。」她言語未盡，但黎霜知道她的意思。每次受傷，軍醫幫她把過脈後都會說上這句。

可軍中行事本就簡單，即使面前有條冰河，大軍都得走過去。她身為將軍，難道能因為自己是女子，便讓別人抬著自己過去？

黎霜點頭，算是敷衍著應了。

陸欣張了張嘴，最後的話到底是沒說出口，只道了一句：「明日將軍若還痛，我便再來為將軍施針。」

「嗯。」

「明日還會痛？」晉安眉頭皺得極緊。

黎霜揉了揉他的腦袋，「她是說萬一。一般不同，要再痛，陸姑娘準能治好。」她這是哄孩子的語氣，晉安聽出來了，卻沒辦法反駁。

「得了，時間差不多了，我得換衣裳去城守府上赴宴，你們先出去吧。」

陸欣應了，乖乖退了出去，晉安也跟著陸欣出了門去。

季冉還等在門外，陸欣本打算與他說上兩句話，袖子卻被晉安拽住，不由分說地將她拉去一邊。

「陸姑娘。」

「呃……」被一個男孩一般正經的這樣稱呼，陸欣有點不習慣，「哦，你可以叫我姐……」

「將軍身體有什麼需要注意的？往後該怎麼調養？」

好生強勢的男孩……

陸欣下意識地答道：「也沒什麼特別的，就是注意保暖、不讓寒氣入體、不食用冰冷食物、少碰冰水、不要熬夜……」

晉安一一記下，「還有呢？」

「沒什麼別的了。」陸欣頓了頓，「小朋友，你很關心將軍啊。」

「嗯，我喜歡她。」

「……」

陸欣正無言以對時，季冉跟了過來，「在說什麼呢？」

「沒說什麼。季大哥，你們長風營的人都好愛戴將軍……」她話音剛落，轉頭一看，剛才還站在面前的晉安，已經不知道跑去了哪裡。

季冉點點頭，解釋道：「晉安那小子是將軍撿回來的，所以很黏著將軍。」他轉頭問陸欣，「將軍的事已經辦妥了？那我送妳回去吧？」

「勞煩季大哥了。」陸欣跟著季冉走了一段，「那個，我今日出門前好似燉了湯，季大哥要是不嫌棄……」

「今晚城守府上有宴，我隨將軍前去。」

「這樣啊……」

時值傍晚，又下起大雪，鹿城的街道上積了厚厚一層雪，然而大雪卻蓋不住宴會的熱鬧。

黎霜攜著長風營將領前去赴宴，酒肉酣暢，宴席之上文官武將在太子面前相談甚歡，黎霜面上也帶著三分客套的笑意。

然則她一邊喝著酒卻一邊在想著這酒席什麼時候結束。

黎霜之所以離開京城、長駐在塞北是有很多原因的，其中最簡單的一個大概就是她想逃開無聊的應酬吧。

宴會開始，太子先舉杯稱讚了一番邊關將士，又給未來鼓了一場氣，大家便各自落坐，自行寒暄起來。

黎霜實在待不下去，尋了個藉口，讓秦瀾幫她打了掩護，自己遁去花園裡透透氣。

天上大雪紛飛，黎霜走了幾步，忽見頭上多了一把紙扇，將她頭上的雪擋住。

當下，她腦中閃過黑甲人的臉，往旁邊一看，竟是司馬揚微帶笑意的臉。

「知道妳受不了，遲早得跑，沒想到今日竟忍了這麼久。」

黎霜後退一步，俯首行禮，「太子殿——」

司馬揚一把抓住她的胳膊，止住了她行到一半的禮，「霜兒……」他語帶嘆息，「妳真要如此刻意與我生疏嗎？」

他的掌心有些涼，黎霜垂首，沒有回答。

「三年前妳請戰塞北，我道妳最多待上一年，立了軍功，便會回京，哪曾想妳竟這般的倔，三年未曾回京一次，妳便是氣我，也氣得夠久了。」

「臣惶恐。」黎霜又退了一步，單膝跪地，行了軍士之禮，「臣不敢對殿下有絲毫氣憤之情。」她沉著冷靜地應答道，「臣三年來守於邊關，乃是深愛這邊關之景，於邊城有情，於邊關之人有情。能為大晉、為陛下守住邊塞，是黎霜的福氣，黎霜為此感到自豪與驕傲，未曾有別的心思。」

司馬揚看著臣子之姿的黎霜，默了一瞬，「於邊城有情，於邊關之人有情……黎霜，妳於我，便無情了嗎？」

雪簌簌落下，很快便將司馬揚的聲音壓了下去。

黎霜跪在地上，冷靜答道：「殿下於臣，乃是君臣之情，臣感君恩，定至死不忘。」

「霜兒。」司馬揚彎腰扶住黎霜的手臂，微微使力，想將她拉起，「聞西戎大軍壓境，長風營陷入危地，令我心急如焚……但我千里趕來，並不是為了這份君臣之情。」

黎霜睫羽微微一顫。

司馬揚其實是懂她的，他知道說什麼話會讓她心軟。

可是……

忽然間，寒光在黎霜眼角一閃而過，她心頭一凜，低聲喝道：「殿下小心！」反手將司馬揚一拉，飛快護在身後，腳下就地一掃，掀起一層雪霧，迷亂了來襲者的目光。

然而，來襲者手中的長劍卻刺破雪霧，直直向黎霜身後的司馬揚殺去。

黎霜身形一轉，與其過了兩招，卻依然沒有攔住持劍者的去勢——糟糕！自己與這人的功法相差太遠，下一招必定攔不下來！

她心念一動，想也未想便擋在了司馬揚身前。

竟然以身做盾，要回護於他！

來者劍勢猛然一頓，在即將刺破黎霜胸膛時劍尖一旋，猛地往旁邊刺去。

長劍狠狠地插進一旁石亭的石柱中，足足陷入三寸有餘，可見其力道之大。

方才黎霜與這人過招之快，快得還未讓空中雪霧全部落於地上，而此刻短兵相接的招式一過，雪霧落下，黎霜看清來人，皺起眉頭，「是你？」

竟然是那神祕的黑甲人，他……竟然要殺東宮太子？

「妳為何護著他？」黑甲男子的語氣比黎霜多了幾分涼意與火氣。

這話倒將黎霜問住了，她回頭看了眼司馬揚，對方顯然也沒有弄明白這是怎麼回事，微微蹙了眉頭，盯著面前的黑甲男子。

前來塞北路上，司馬揚聽了諸多此人的消息，只是沒想到他竟這般與黎霜說話，黎霜還習以為常的樣子，這兩人……很熟？

他還以為，這塞北裡，無人與黑甲男有交情呢。

原來黎霜……

「你為何傷我大晉太子！你可知此乃何罪！」黎霜也是又急又氣，黑甲男都這麼大的人了，怎麼和晉安一樣搞不清狀況呢！

還好是她在場，勉強護住了司馬揚；要是她不在，司馬揚的功夫本就不強，若就此被這人給殺了，他不就直接從大晉的恩人變成了罪人……

不過對他來說……變成大晉的罪人似乎也沒什麼大不了，畢竟……他連西戎的大將都輕而易舉地殺了三個。

只要自己開心，這人好像沒什麼顧忌的。

「我不知道。」晉安盯著她，黑面甲背後的腥紅眼瞳映著滿滿的白雪與她，「我只知道他要傷害妳，而我不允許任何人傷害妳。」

黎霜心頭一動。

背後的司馬揚則微微瞇起了眼。

黎霜一嘆：「他沒有傷害我。」

聽黎霜為他辯解，又見黎霜現在還以保護的姿態站在他身前，晉安那雙透徹的眼好似受傷般地微微一動，「妳喜歡他嗎？」

黎霜一怔，不知對方為什麼每一次思緒都跳得那麼快，「我……」

司馬揚打斷了黎霜的話：「閣下便是破了西戎千軍萬馬的那位勇士？」

晉安全當他不存在，又問了黎霜一句：「妳喜歡他嗎？」

「我是臣，他是君，我必須保護他。」

「我殺了他妳會傷心，是嗎？我殺了他妳會恨我，是不是？」

在司馬揚的注視下，黎霜不知道該怎麼回答才能顧及完全。這神祕人單純得像小孩，他的世界一是一二是二，她要怎麼向他解釋她背後的一堆利益牽扯，還有過往那些理不清數不明的情愫糾葛呢？

況且現在她也沒時間解釋這麼多。

園外的親衛聽到動靜已經行動起來，將花園層層包圍。

晉安只注視著黎霜，黎霜唯有輕聲道：「快走吧。」

聞言，晉安眸光一暗，心頭沒有撕裂般的疼痛，卻極為沉悶，悶得讓他幾乎喘不過氣。

他覺得委屈。

園外親衛拉起了弓，向著他站的方向放了三箭，三箭來勢洶洶，卻沒有一箭落在他身上。

任由三箭落在腳邊，晉安躲也未躲，只將箭拔了起來，眸光一掃，寒涼地望向箭射來的方向。

黎霜是識過他的本事，當即阻止道：「住手……」

晉安看了她一眼，手指一鬆，丟下了箭，隨即身形一轉，撩起漫天雪霧之際，霎時不見了蹤影。

黎霜望著他離去的方向，並未下任何追擊令。

司馬揚亦是如此。待得親衛上前詢問意思，他才擺了擺手道：「算了，你們追不上。」他轉頭看黎霜，黎霜卻至始至終，沒有回頭看他一眼。

清雪節過罷，整個鹿城忽然變得蕭條了，路上行人驟減，大雪在城裡城外都鋪出了一片白茫茫的清冷景色。

在太子遇襲後，鹿城城守府與長風營上下陷入緊張，讓這座邊城本就嚴肅的氣氛更加沉重幾分。

在塞北的軍士無人不知黑甲人的本事，若是他想殺太子，就算有人在場，怕也難以阻攔。

城守府嚴格地戒備著，太子出入必有十名親衛貼身守候。

城守膽子小，生怕太子在塞北出意外，又知道那黑甲人對黎霜有不一樣的感情，便天天到軍營裡請黎霜去城守府陪伴太子。恨不能讓她在太子身側住下，一整天給太子當護身符。

黎霜初時也是有幾分憂心的，城守來求，她便去了。

可是去了幾天，黑甲人卻毫無動靜。

軍營裡她也讓人看著晉安，這幾天他也都乖乖的，白日裡跟隨軍士出去訓練，晚上就縮在被窩裡睡覺，也不來找她了，算是撿他回來後，最安靜的一段時間。

黎霜心道，那晚她保護司馬揚的模樣，大概讓黑甲人……傷心了。

她也曾在晚上悄悄出營，尋了城裡僻靜的亭子坐一坐，可那人卻再也不像以前那樣，找準時機就出現在她身邊。

黎霜在亭子裡坐了半宿，心頭竟起了幾分難以言說的落寞。

那個人……再也不會出現在她身邊了嗎？

那是個認死理的人，若是那天他下定決心不再理會她，那大概就真的沒有再見的機會了吧。畢竟……向來是黑甲人主動尋她，到現在為止，她也不知道黑甲人的來歷行蹤，更無從尋找。

她摸了摸自己微涼且有幾分乾裂的唇瓣，一聲輕嘆，身體裡的熱變成白霧揮散了出去。

吸一口氣，黎霜只覺這夜是越來越寒涼了。

翌日，城守如往常一樣來求黎霜去陪伴太子，黎霜借由軍事繁忙的理由推脫了。城守失望而歸，太子也並未派人來邀，黎霜樂得逍遙。

她不想與司馬揚再有過多交集。

她知道司馬揚對她有情，他們年少初遇，相互陪伴，黎霜不同與一般閨中貴女，她與王公貴族的公子們一樣騎馬射箭、學兵書律法、習武練功。

她是大將軍的義女，她的老師與司馬揚都差不多，她與司馬揚在一起的時間或許只比他的兩個伴讀少一些。這麼長的時間裡，黎霜自然會對司馬揚有過仰慕，可也只是仰慕，不能更多了。

司馬揚立了太子妃，府中姬妾雖然不多，這幾年聽聞也添了兩、三人。

她自小和阿爹學習打仗，就是為了未來能走出將軍府那狹小的後院，不去理會幾個姨娘間無聊的明爭暗鬥。

她不想讓自己終於天高海闊了，卻又因為姻親而掉入另一個深坑。

加之司馬揚是當今太子，聖上百年後，若無意外，他是要登基的。未來，他身後那些爭奪，只會比這戰場更血腥、陰暗和骯髒。

三年前，黎霜就清楚自己要什麼，她也知道，若是繼續在京城待下去，最後的結果會是什麼。

太子於她有情，多麼讓人喜聞樂見，因為她是將軍義女，註定會為了皇權與軍權的結合而與太子結褵。

妃位註定不會是一個義女的，但側妃一定有她的一席之地。未來她若與太子有了子嗣，前途更是不可估量。

她阿爹不一定為她歡喜，但將軍府背後龐大的利益群體，必定歡欣鼓舞。

黎霜不喜歡當棋子，她想掌握自己的命運，做下棋之人。

那時她將情勢看得清楚，司馬揚卻也將她看得清楚。

三年前，司馬揚娶了太子妃後，黎霜便動了離開的心思。

司馬揚知道黎霜怕什麼，但他不許她怕，更不許她走，便向皇后提了迎娶黎霜的事。

皇后自是樂見其成，允了司馬揚，當日夜裡欲與聖上商量。

多虧司馬揚的小皇弟在皇后處聽得口風，歡天喜地地向正在宮裡辦事的黎霜說了，黎霜才連忙從宮裡趕回將軍府，請求阿爹立即上書。

正巧當時塞北有戰情，黎霜懇請出戰，在阿爹的請求下，聖上終是應允了。

黎霜北上鹿城的事情敲定，不日便傳遍宮闈，她不是本朝第一個上戰場的女將軍，卻是敲定得最快的一個。

皇后知曉聖令後，便將司馬揚的請求按捺了下來。

黎霜出塞北那日，司馬揚前來送行，她到現在都還記得對方當時沉凝著臉問她：

「我便是如此不堪？妳情願逃去苦寒塞北，也不願留在我身邊？」

黎霜俯身下跪，頭深深地叩在地上：「殿下言重，黎霜萬分惶恐。」

那是她第一次這般應對司馬揚，她想盡一切辦法拉遠自己與他的距離，司馬揚默了許久，方才聲色低沉地令她起了。

那次起身後，也是她第一次看見司馬揚對她露出失望且落寞的神色。

「我以為，妳會懂我，會願意一直站在我身邊……」

黎霜將他這句低語呢喃擋在了心門外。

她是可以一直在他身邊，一直陪著他，一直視他為唯一。但是司馬揚的一生，註定不會一直只有在她身邊，一直只陪著她，一直只視她為唯一。

他有後宮三千，有皇權天下；她也有，心裡想要到達的地方。

後來，黎霜就未再回京過。

她以為過了三年，司馬揚也有了子嗣，這份令人惶然的情愫，便會盡數淡了去。怎麼也沒料到，這次司馬揚竟會請命來塞北，甚至當面對她說，他來這裡，不是為了那份君臣之情。

這讓黎霜不安。

知道司馬揚來的那一天起，黎霜便暗自想到，若無性命相關的要緊事，她絕不靠近他！絕不！

哪知道，偏偏要緊事一下就找過來了……

黎霜嘆息，真是新桃花撞舊桃花，桃花爛了。

在黎霜不去城守府後，司馬揚除了每天到軍營城牆上逛一圈，也沒再多打擾她。

當黎霜正安下心，覺得這個冬日總算要開始過上安生日子時，城牆上有士兵回報，近幾日在原長風營營地外數十里地的樹林裡，有不明動靜。

黎霜聽完消息，心裡起了警戒。

「什麼動靜？」

「那片林子雖然隔鹿城遠，但天氣好的時候遠遠望去還是能看清楚的，近來有士兵發現那方的樹木明顯減少，顯然是人為採伐。」

採伐樹木？黎霜捏著下巴琢磨道：「可有見得人將樹木運走，或者就地搭建了什麼？還是升起過燃燒的煙霧？」

「沒有，那些不見的樹木就好似憑空消失了，未見運走，也未有搭建，更未有人用來生火。」

「派人去探一探。」

「是！」

黎霜想起，那片樹林是當初撿到晉安的地方，她與羅騰及幾個軍士去查過，那方還有一處亂葬著人的地下石室，外加一個身分不明、力大無窮的老太太。

那個樹林又有動靜了？

是人，還是……地下石室裡的「人」？而且，不運走不搭建也不用來生火，他們採伐樹木是做什麼？

黎霜派了幾個人出去探，不止探了一次，白天夜裡不同的時間過去，也未曾見到有人在那樹林裡伐樹，然則樹木還是在漸漸減少。

隔了幾日，甚至能看到那方裸露的山頭了，依舊未見有人。

長風營的將士們沒有多想，然而鹿城的守軍私底下卻有傳聞——說是鹿城外鬧鬼了。

清雪節後百姓的生活極為無聊，才沒幾天時間，樹林鬼故事就傳出了十來種版本。

塞外本就寒冷，配著這鬼故事一聽，更是骨子裡都冷得發抖。

黎霜一開始沒打算管這些無稽之談，直到傳言越傳越烈，甚至有幾分動搖軍心……有人說，是黑甲人殺掉的西戎人鬼魂死得不甘心，開始作祟。

軍營中隱隱有了幾分恐懼的情緒。

黎霜發了大怒，尋了第一個傳出此謠言的人，狠狠打了幾十大板。

沒想到，那個挨打的士兵，隔天竟被人發現死在了城外雪地裡。

一夜大雪幾乎將他掩埋，只留了個手掌露在外面，被人挖出來時，他氣息早絕，心臟被人掏空挖走，一個空蕩蕩的胸腔看起來極為駭人，且他死時面容驚恐，彷彿見到了萬分恐怖的景象。

此事一出，軍營更是震顫，謠言四散，甚至傳入了鹿城百姓家裡。

家家戶戶忙著貼符畫咒，一個好好的鹿城，一夜間咒符滿布，看起來更有詭異氣氛了。

黎霜深知軍心不可亂，正在與眾將領商議應對之法時，城守府傳令讓黎霜去面見太子。

秦瀾覷了一眼黎霜的神色，主動請令：「將軍而今要處理軍中雜事，怕是無空抽身，末將便斗膽代將軍前去上見東宮，代為聽答東宮之令。」

黎霜自是求之不得，連連點頭，「甚好甚好。」

秦瀾見她這模樣，微微垂下頭，嘴角輕輕揚起了，他願意為她擋掉令她為難的一切。

「屬下且隨使者先行去城守府。」秦瀾告退，在即將出門時卻又聽黎霜喚道。

「秦瀾。」

他回頭。

黎霜琢磨道：「若是太子之事不好應答，你便遣人回來告知我。」

秦瀾眸光一柔，這是怕太子為難他呢。

他掩下眸中情緒，只抱拳應了聲「是」。

秦瀾並未在城守府中停留太久，司馬揚也沒有詢問黎霜為何不親自前來，只是針對最近鹿城裡鬼怪作祟的謠傳，提出了解決之法。

黎霜聽了秦瀾回報，疑惑地問：「太子如何說？」

秦瀾頓了頓，道：「太子欲讓將軍與他領一行親衛，同去荒林中巡視一圈，親自鎮住這謠傳。」

黎霜沉默。百姓迷信，她確實無法靠講道理說服他們，而最能快速平息謠言的方法，只有以迷信剋迷信。

她與司馬揚去走上一圈，再讓人散出消息，說太子真龍之氣已令邪祟魂飛魄散，乃是最快的方式。

同時，他們也能親自去探探究竟。探子畢竟是探子，比起武功身法到底是他們較好，難免有些蛛絲馬跡未曾尋到。

司馬揚提了一個好辦法，唯一難做的，是要她與他一同前去。

「就這麼辦吧。」黎霜尋思片刻，最終點了頭，反正他們還要帶著各自的親衛去，「秦瀾，你著人安排，親衛營中人明日隨我一同出發。太子那方也做好萬全準備，此一行最重要的任務，還是保護太子。」

「是。」秦瀾聞言，垂頭應了。

翌日午時，黎霜著了銀甲軍裝，提了八面重劍，命十二親衛在城牆前靜候太子。司馬揚來時，亦是一身鐵甲軍服，與黎霜站在一起，在旁人眼裡顯得般配極了。營中大半的人都前來叩見太子。

正巧今日陸欣來看季冉，她目光本一直停留在季冉身上，可此時陽光正當中央，映雪一照，卻被黎霜與司馬揚搶了注意力。

「哇！」陸欣不由輕聲感慨，「將軍與太子殿下好生般配。」她搖了搖自己牽著的那隻小手，「晉安你看，是不是？」

在她身側，一圈大人的包圍下，只有晉安一個小不點站在裡面。

他眸光冷淡地看著黎霜與司馬揚，見兩人上馬的動作幾乎一模一樣，他沉默不語，掙開了陸欣的手。

「我說過，別碰我。」

他背對所有人，不再看那兩人，轉身回了營地裡。

身後軍士們威武的呼和聲響徹天際，送黎霜與司馬揚出了城門。

晉安行至親衛營門前，裡面空空蕩蕩的，沒有人在。他躺上床，仰頭望著營帳頂，一言不發，連眼神裡也沒有絲毫波動。

這幾日他一直都這樣，只是好像沒有其他人注意到，連黎霜也未曾問過一句。

她喜歡那個太子，所以不會關注其他事了。

晉安不止一次地想，黎霜看見太子的時候，是不是也像他看見她的時候一樣呢？感覺世上東西都沒有顏色了，只有她在發光。吸引了他全部的心神與注意力，讓他像蛾子一樣不知死活地撲去。

沒有人知道，在黎霜沒有看見他的這幾天裡，他這隻蛾子，是用了比撲火還要大的力氣，才克制住自己想靠近她的衝動，同時也忍下了比被火灼燒生命更讓人痛苦的疼。

她不喜歡他，也不需要他，這兩件事反覆在他腦海裡出現，像一個詛咒，澆熄了他所有熱情。

這並非只是感覺，而是真真實實的冷。

他胸膛上的火焰紋開始變涼，顏色變得暗淡，即便到了晚上，變成成人，如果不躲在被窩裡，塞北寒冷的風便能凍僵他的肢體。

在此之前，他從來沒有過這樣的感受。

從森林裡逃出的那天，遇見黎霜的那一刻開始，他的心頭永遠是湧滿熱血，即便身體裸露於寒風暴雪中，也絲毫不覺得冰冷。

可現在……

「羅將軍！羅將軍！」外面響起了軍士驚恐的喊聲，晉安能辨識出這個聲音。這是黎霜親衛之一，萬常山的聲音。

為什麼……他的聲音會出現？所有的親衛，不是都隨她出去了嗎？

晉安一轉頭，見營帳內竟是一片漆黑，原來他在床上躺了這麼久……久到天都黑了嗎？為什麼他對時間的流逝……毫無感覺呢？

「羅將軍！」

「將軍與太子遇伏！不見蹤影了！」

晉安空洞的眼神在聽到這句話後慢慢縮緊，他一個翻身，猛地坐了起來。

胸腔裡彷彿已凝固的血液隨著心臟的猛烈撞擊蔓延全身。

他赤腳踩在地上，未覺地面半分冰涼，身形一動，出了親衛營，臨在半路，猛地抓住了萬常山的衣襟。

「你說什麼？」

萬常山怔愣地看著面前的人。

在他黑色瞳孔裡，借著軍營外的火光，映出了晉安此刻的身影，他已變成成人，雙瞳腥紅，烈焰紋從心口爬上他的眼角，他身上還穿著男孩的軍裝，以至於身上很多縫合處都被肌肉撐裂，碎布一樣掛在他身上。

萬常山瞪著他，「你……你是何人！」

「你是何人！」羅騰聽到外面的呼喊也從自己營裡趕了過來，他手中大刀指著晉安，皺著眉頭問：「黑甲人？」

晉安充耳不聞，只抓著萬常山的衣襟一字一句問道。

「黎霜呢？」

提到此事，萬常山登時顧不得這人了，立刻轉頭對羅騰道：「羅將軍，請求支援！將軍與太子消失在樹林裡的地下石室中了！」

地下石室……

晉安鬆開萬常山，腦海中浮現了一個混亂非常的畫面，一會兒是有人在拿刀割破他的心房放血，一會兒是他嚎叫著拚命痛苦地掙扎，一會兒是蟲子爬進了他的身體裡，一會兒又是血腥的廝殺與狂亂地奔走。

他霎時頭痛欲裂，然則這些疼痛對晉安來說並不重要，唯一重要的是——他知道那個地下石室在哪裡！

他知道黎霜在哪兒。

他要去救她。

就算她喜歡別人，她為了保護另外的人會對他拔刀相向，就算她這輩子也不願意嫁給他，不願意和他一直在一起，甚至不願意見到他……他也要救她！

拚盡全力、捨生忘死、不顧一切地救她。

這像是他的使命，是他的本能，是他唯一、僅有的，不可放棄的堅持。

黎霜從昏迷中醒過來時，發現自己半個身子陷在泥濘的土地中。

她稍稍動了一下腿，卻覺越是用力，越往泥地裡陷，當即冷靜下來，不敢再動。

四周一片漆黑，唯有十來尺遠的地方有點微弱的光芒照來。借著這微弱的光芒，她隱約看見旁邊躺著一人，那人平躺在泥地上，只有穿著重靴的腳陷入了這沼澤中，黎霜輕輕喚了他一聲。

「太子殿下？」

男子一聲輕哼，被她喚醒過來。他微微動了動身子，黎霜便見著他身子往下沉了一瞬。

「不要動！」她立即喝了一句。

司馬揚霎時反應過來他們所處的狀況：「沼澤？」

「嗯，不像是天然的，倒像是有人故意設置的陷阱。」

黎霜抬頭往頂上一望，只見頭頂上有一個黑漆漆的大洞，他們約莫就是從上面掉下來的。

此時在洞口處，竟有四五根粗壯的木樁將那洞口封住。

這必定是人為的陷阱。

「我終於知道，那些被伐的樹木用到哪裡去了。」

原來，是被人用來製造陷阱了，沒有燒、沒有搭建、沒有運走，直接原地用到了地下。到底是何人，又為何要做這樣的事？

思及片刻之前。

她和司馬揚領著各自的親衛前去樹林探看，黎霜本欲在林外繞上一圈，畢竟司馬揚在此，不能真讓他入了樹林之中，萬一出了差池，誰都擔待不起。

沒想到，當他們到達樹林邊上時，卻隱隱聽到林中傳來微弱的呼救聲。

黎霜從不信鬼神邪說，她讓親衛護著司馬揚，欲自己入林中探看，可司馬揚卻是不讓。

在他要求之下，兩人領著親衛，一同入了這樹林。

被砍伐的樹木到處都是，留下了滿目瘡痍的木樁，蕭索的枯木林裡，氣氛更比以前詭異幾分。

尋著那呼救聲而去，越走越深，黎霜頓覺不妙，這路徑竟離當初發現那「起屍」老婦的地盤很近。

正欲令眾人停下腳步，旁邊倏爾襲來一道白影。

黎霜拔劍出鞘，還未來得及迎戰，那人動作出人意料地快，轉瞬間便擒住了司馬揚，將他往前一拉。

黎霜與一眾親衛連忙追上去，才踏出兩三步，腳下猛地一陷，所有人掉入了地下石室中。石室裡白骨累累，原本噁心的臭味已消散而去。

黎霜目光緊追著那道白影，眼見偷襲者拖著司馬揚，闖入了石室後的一個破敗洞穴之中，她連忙追了上去。

出人意料的是，洞穴猶如迷宮，沒走多遠，前方多出好幾條路。黎霜命眾人分頭尋找，她於身側一個親衛正打算往右側洞穴裡尋找而去，那白影陡然出現。

在她身側一閃，親衛登時被掀翻在地，黎霜眸光一凝，抬劍來擋，看看擋住了那白影的偷襲，迫使偷襲者的動作停頓下來。

黎霜定睛一看，與她手中八面重劍相觸的竟是一把精鋼摺扇，而握著這摺扇之人，卻是……那個「探子」？

之前從鹿城地牢裡逃出去的華服男子？

是他！

「黎將軍果然厲害。」他輕聲一笑，像是在路上偶遇時打招呼一樣。

黎霜厲斥：「你到底是何人！殿下在何處！」

男子一笑，笑容彷彿人畜無害：「我帶妳去找他吧。」話音一落，男子身後洞穴裡驀地射出兩道長鞭，黎霜側身避開一條，而另一條被聽到聲音追回來的秦瀾擋下。

秦瀾伸手欲將黎霜抓到身後，男子手中摺扇一動，只見摺扇臨空飛出，狠狠劃破了秦瀾的手臂，飛回來時摺扇扇骨則重擊了黎霜的後腦勺。

黎霜只覺眼前一花，恍惚間手臂一緊，身邊場景一亂……

她想要反抗，咬牙忍下眩暈，抬劍要刺時，肩頭被猛地一推，身體不受控制地往後倒去，緊接著失重感傳來，腦中眩暈再次襲上了全部感官。

等她醒來，便已經是這副模樣了。

她不懂那人為何要將她與司馬揚單獨丟到這裡來，其他人呢？那些隨行而來的親衛，他會怎麼處置他們？而且那人……雖然黎霜不敢確定，但從速度與一些手法來看，他的武功竟與黑甲人有幾分相似。

他們之間也有聯繫嗎？師從同門？

不過現在沒有時間讓黎霜思量這些了，她身上的鎧甲極重，拖著她的身體慢慢往泥地裡沉，方才這濕泥只沒過腰腹，現在卻快到胸膛處了。

黎霜小心地抬起手，解開了鎧甲與肩甲後，看了眼旁邊的司馬揚。

司馬揚的情況比她好一些，他是躺著的，所以整個身體幾乎浮在泥地上，除了那雙過於沉重的戰靴讓他雙腿深陷泥沼外，身體其他部分還可活動自如。

只是他一動，受力的地方就會改變，他也會慢慢下沉。

唯一的解決辦法就是給他一個著力點，只要他有一個可以踩或蹬的地方，就可以安然從泥沼中出去。

「殿下。」黎霜喚了他一聲，「你可還有力氣？」

「嗯。」

「我手臂在這裡，你可以踏我的手臂逃出泥沼。」

司馬揚一默：「我踏在妳手臂上，一旦用力，妳又當如何？」

「臣自會有辦法……」

「妳有什麼辦法？」

面對司馬揚的逼問，黎霜沉默。

她其實沒有辦法。

若是救，便只救得了司馬揚；若是不救，耽擱了時間，等越陷越深，他們都得死在這裡。

棄車保帥，是黎霜判斷後的決定。

「殿下，臣等本該為保護殿下而鞠躬盡瘁，殿下萬不可在塞北有任何閃失。」

「黎霜。」司馬揚終於喚了她的名字，如同以前青梅竹馬的時候，「妳要我為了保住自己，而殺了妳嗎？」

黎霜默了一瞬，「此乃解救殿下的唯一方法。為護殿下，需要臣身死此地，請殿下……不要為往昔情誼，亂了大局。」

她口中的大局，他們各自心領神會。

當今朝堂上，三皇子有宰相支持，對皇位虎視眈眈，若司馬揚在此出了意外，讓三皇子得以登基……皇后、將軍府、太子於朝中的心腹們，將盡數遭殃。

「殿下，臣居於塞外多年，偶聞朝中消息，殿下而今已添貴子，朝中事宜也越發穩妥……」

「黎霜。」司馬揚打斷她的話，「三年前一別，妳讓我念了三年。而今，妳是想讓我念妳一輩子嗎？」

黎霜眸光微微一動，隨即卻揚起一個笑容，「臣斗膽，今日這般拚命想救太子，其實是想讓太子許臣一個願望，以免未來臣言直口快，招攬禍事，難保自身。」

「妳在我這裡，無論說什麼話，都不會有禍事。」

黎霜斂了眸光，掙扎著往司馬揚那方挪了一些距離，將陷入泥沼中的手臂蜷了起來，探到司馬揚戰靴之下。

「殿下。」

司馬揚許久未曾言語，也沒有任何動作。黎霜亦是沉默。

終於，司馬揚輕吐一口氣：「黎霜，妳待會兒從這裡出來，什麼願，我都許妳。」

「謝殿下。」

司馬揚一個起身，腳底踏在黎霜臂膀之上，借力一蹬，力道極大，黎霜只覺整個人往泥沼下方一沉，而司馬揚卻是躍空而起，身上鎧甲甩落無數污泥，轉眼間便落到三尺外的堅硬石地上。

等他轉頭，黎霜已陷入泥沼之中，不見蹤影。

司馬揚滿身泥漿，手中拳心握緊，他在旁邊站了一會兒，身側並無任何可以用來打撈人的東西。他牙一咬，沉凝眸色，向著旁邊透出光亮的地方邁步而去。

堅硬鎧甲撞擊石頭而來的鏗鏘之聲，越來越遠。

只是他沒看見，在他離開後，泥潭中緩慢地冒出了一個氣泡。

砰！

此時，一個人砸破頭頂黑洞之上的木頭，帶著一身涼意，以近乎絕望的神情栽入渾濁不堪的泥潭中。

不消片刻，只聽「轟」一聲，整個泥潭炸開，泥漿濺出，在本來的泥潭底部，上半身幾乎裸露的男子緊緊地將黎霜抱在懷裡。

她閉了氣，口鼻之中並沒有泥漿進入，但因為過長時間的閉氣導致整張臉烏青發黑，呼吸幾乎停止。

晉安抱著她，使勁地按壓她的胸膛，「不行！不可以！」

他一雙腥紅的眼裡盡是淚珠，跟隨著他的聲音啪嗒啪嗒地砸在黎霜臉上。

「我不許妳死！妳不可以死！」

一聲聲，喚的是喑啞至極的絕望。

她可以做任何事，愛別人、嫁給別人、屬於別人……就是不能死！她死了，他就連痛苦，也沒有了意義。

黑色山洞中，滿壁的泥漿向著泥坑底部慢慢流淌匯攏，那緩慢的流速未曾對還在坑底的兩人造成威脅。

他不停地以內力按壓她的胸膛，試圖喚醒她，但其實他也不知道這樣做到底能不能救她，只能無望又固執地反覆努力。

滾滾而落的清澈淚水將黎霜被污泥覆滿的臉清洗出一道道乾淨的痕跡。

不知在絕望中掙扎了多久，終於，他聽到一聲輕咳。

晉安眸光大亮，宛如黎明破曉。

黎霜身子一顫，在他懷裡難受地微微蜷縮起來，臉頰不由自主地靠近他的胸口，貼上了他滾燙的肌膚，她無意識地依賴著救了自己的人。

小小一個動作，卻讓晉安幾乎快死寂的心臟猛地跳動起來。

他指尖顫抖，不敢再壓她的胸膛，也不敢再用力地抱緊她，只怕自己哪裡用錯了力氣，又讓她感到痛苦。

他甚至不敢開口，深怕自己的聲音，弄碎了她。

黎霜在他懷裡呼吸漸漸平穩，隨即慢慢睜開了眼，她眼睛裡有了他的影子，這讓晉安很心安。

「你……」黎霜聲音嘶啞，「為何……」

「我不會讓妳出事。」晉安撫著黎霜的心口，內力緩慢地流入她體內。

對黎霜來說，他替她療傷的這股內力像是一股奇異的暖流，溫暖了她僵冷的四肢，同時也讓她心頭不由自主地悸動起來。

這一瞬間，她彷彿能感受到獨屬於此人的情緒，他的緊張、悲傷和難過。

他在心疼她。

黎霜收斂了初醒時的驚愕，輕輕抬起手，覆住了他的手背。

晉安身體微微一顫，另一隻手將黎霜抱起，讓她依偎著自己，他下巴蹭著她的額頭，「妳沒事了嗎？妳沒事了，是吧？」他輕聲問著，想靠她的回應來抹去心底的不安。

黎霜也難得地放任自己去依戀另一個人身體的溫暖，以及他給她帶來的安全感。

他又救了她一次。

在絕望裡，於絕境中，奇跡似地救了她。

從未有人這樣，讓她只因為他在，便感到……安心。

可神奇的是，她卻竟然連這人的姓名、來歷都不甚清楚。

「我帶妳離開。」他探到黎霜體內脈相趨於平穩，隨即收了內力，打算先將她帶離這個陰暗的地方。

他打橫抱起她，縱身一躍，跳出泥濘的坑底，朝照入月光的地方而去。

在行至山石縫隙間時，一人閃現於前方。

他拿著摺扇，於下巴上敲了敲，「真讓我瞧了一齣好戲，可要我就這樣放你們走，那可不行。」

晉安周身氣息變得不善起來。

殺氣一出，男子笑了開來，「別誤會別誤會，先介紹一下，我叫巫引，我設此計謀，完全沒有針對黎將軍的意思。」他打開扇子，瞇眼一笑，狀似溫和，「我只是針對你，我的小蠱人。」

黎霜聞言一怔，蠱人……是什麼？

她仰頭望了抱住自己的黑甲人一眼，見他胸膛上延伸出去的血痕比往常更加鮮豔，那一雙腥紅的眼，比塗了血還駭人。

「妳到我身後。」晉安放下黎霜。

黎霜雙腳方一落地，便覺全身無力，險些摔倒。

晉安心神一亂，「怎麼了？」

「啊，她沒事。」巫引接過了話頭，「就是中了我的巫毒而已。」他笑著指了指黎霜的胳膊，「先前下的。」

晉安垂頭一看，黎霜的手臂上被劃了一道口子，他伸手輕捂住傷口，眼眸微瞇起來，盯著巫引道：「解藥。」

「我說了，我沒打算針對黎將軍，只是對付你需得用她而已……」

話音未落，只見晉安身影似風，箭一般地衝了出去，速度快得連黎霜也沒有反應過來。

她扶著旁邊的石壁，轉頭一望，但見兩人戰成一團，兩人過招在她越發迷糊的視線裡成了一片恍惚。

太快的動作及強大的力量震盪，致使山石崩落，黎霜費力地躲開一塊石頭，再一回頭，便見巫引已經被黑甲人壓在了身下。

晉安雙眸赤紅，死死捏住巫引的脖子，「解藥，我不說第三遍。」

在這種威脅之下，巫引卻笑了出來，神情沒有半分狼狽，「我死了，黎將軍便也得陪葬。」

晉安眸中一陣顫動，有些猶豫了。

「我說了，我不打算傷害黎將軍，我只要你。」巫引抬起了手，握住晉安滑落在耳側的頭髮，「你與我走，我便給她解藥。」

晉安知道，自己離開黎霜，離得越遠，身體便越是疼痛，但在這種時候，疼痛早已不是他做決定的因素了。

「別……相信他……」黎霜知道黑甲人心思單純，她艱難地開口，「我沒事……殺了他，軍醫可以……治……」

黎霜向來不是心慈手軟的人，她殺伐決斷慣了，知道此人膽敢設計陷害她與東宮，必定留不得。先除禍害，別的事都可再議。

「黎將軍當真心狠。」巫引轉頭看了她一眼，「妳現在只是渾身無力，馬上便會開始手腳發麻了，緊接著便是萬蟻噬骨之痛，最後就會死。這毒，你們那些大夫可救不了。」

他越是說得毫不在意，晉安的眼神便越陰沉。

「殺！」黎霜絲毫不為所動。

晉安卻沒有下手，「我不相信你。」

黎霜眉頭一皺，想喝止他，一張口，才發現自己不知道該叫他什麼好……

「我說了，我不會害她，我要黎將軍的性命無用。至於信不信我，便看你了。」巫引手掌一轉，一顆白色的小瓷瓶出現在手裡，「這是控制你的藥物，你吞下，我就給黎將軍解藥。」

黎霜一句「不可以」還沒來得及說，倏覺渾身一麻，喉頭肌肉一緊，緊接著鑽心的疼痛遍布周身。

晉安一把抓過巫引手中的瓷瓶，仰頭飲下藥物，「解藥。」

巫引微微一笑，「好，乖，你別急，我這就給黎將軍解藥。」

他話音一落，旁邊翩然而下一個白衣女子，扶了蜷縮在地的黎霜，捏住她的下巴，給她餵下一顆藥。

登時，黎霜雙目一閉，暈了過去。

晉安心頭一顫，想過去抱她，手腕卻被巫引抓住了。

「你現在可是我的了。」

這聲音像是蟲子般鑽入了晉安的大腦，讓他耳邊全是巫引的聲音，讓他控制不住身體，無法向黎霜跨出半步。

「跟我回家吧，玉蠶。」

聲音控制了他的四肢，晉安的意識，在這聲浪的衝擊中，漸漸消失。

閉眼之前，他只來得及看見躺在地上的黎霜，一動不動，像她平時睡著了那樣，安靜平穩。

她沒事了吧？

她沒事……就好，別的都無所謂了。

「少主。」白衣女子行至巫引身邊，同時洞穴頂上躍下四、五名女子，她們都走到巫引身邊，有的負責架起了晉安，有的則給黎霜蓋上了一塊雪貂皮，為她保暖。

「辛苦大家了。」巫引起了身，拍了拍衣裳，「走吧，玉蠶已經收回，咱們該回去了。」

「玉蠶已經認主，不將主人帶回，可妥當？」

巫引看了眼黎霜一眼，「才認了幾天，沒關係，洗掉玉蠶的記憶就行了。而且，帶走咱們玉蠶沒問題，若是要帶走這塞北的大將軍，出關可不容易，回程我可懶得折騰了。」他伸了個懶腰，一轉身，透過縫隙，望著遠方即將破曉的天色，「塞北的冰天雪地，可讓我想苦了南方的花了。」

黎霜醒過來時，床榻邊守著的是形容憔悴的秦瀾。

見黎霜睜眼，秦瀾神色一動：「將軍。」他的聲音微微有些沙啞。

黎霜迷迷糊糊地看了他一眼，旋即又閉上眼，微微皺了眉頭，腦中場景很混亂。

「我這是……」她抬起了綿軟無力的手輕揉眉心。

在她大腦將那些破碎的片段組合起來時，秦瀾已經心急地喚來了軍醫，外面的將領也湧了一堆進來。

直到軍醫趕來，將這些五大三粗的壯漢們趕開，黎霜的世界才重新亮了起來。

將領們七嘴八舌地說著什麼，黎霜全然聽不清楚，太陽穴被吵得隱隱刺痛，秦瀾怒而一聲低斥：「都給我出去！」

將領們雖然有點委屈，仍是依言退了出去，只留軍醫幫黎霜把脈。

「將軍身體已無大礙，調理幾日便能好。」軍醫搖頭，「這樣的症狀倒是蹊蹺，昏睡了五天五夜，不吃不喝，清醒後竟只是有點氣虛，將軍當真是得天庇佑啊。」

黎霜是不相信什麼得天庇佑的，她只是捉住了軍醫話裡的一句話。

「……五天五夜？」她聲音啞到了極致，若不是離得近，幾乎都要聽不見她的聲音了，「我昏睡了五天嗎？」

軍醫點頭，「已是五天有餘。」

黎霜怔然。

秦瀾在一旁憂心忡忡，伸出手欲扶住黎霜，卻也不敢貿然觸碰，「將軍，您才初醒，切勿……」

「黑甲人呢？」黎霜轉頭問秦瀾，「他人呢？」

秦瀾未說完的話便壓在了喉嚨裡。

默了一瞬，頂著黎霜的目光，秦瀾微微垂眼，遮擋了他的神色，「回將軍，五日前，屬下等進入那石洞時，只見到昏倒在地的妳，並未見到其他人。」

那人不在……

黎霜心頭莫名「咯噔」了一聲。

她記得的，他從淤泥中將她救了出來，為她喝下了毒藥，然後……還被那名喚巫引的人給帶走了嗎？

巫引會如何對他？利用他，還是……殺了他？

一想到此，黎霜忽然有幾分坐不住了。

「要查。」黎霜欲翻身下床，軍醫立即扶住她，果不其然，她剛站起身，頭腦便一陣眩暈，不用他人阻攔，她自己就坐回了床榻上。

「將軍，妳昏睡了五天，方才清醒，氣虛至極，不可亂動呀！」

「將軍要查何事？」秦瀾沉聲道，「末將自會幫將軍徹查。」

黎霜坐下揉了揉太陽穴，初時的激動過去，她恢復了應有的冷靜與沉著，「晉安呢？」她開口，「將他帶來，我有話問他。」

此言一出，秦瀾又是一默。

黎霜轉頭望他，「怎麼了？」

「晉安……五日前便不見了蹤影。」秦瀾沉凝道，「這五日也未出現。」

晉安也不見了？

黎霜有幾分怔然，「派人去軍營外找了嗎？」

「鹿城裡外，包括那日那暗藏陷阱的樹林與地下石室，都已經派人查過了，未見晉安。」秦瀾頓了頓，「將軍，晉安這個孩子，不比其他孩童，他來歷神祕、武功高強，他會這般悄然無聲的從軍營之中消失，斷不會是別人將他綁走了，因為他若要反抗，必定會有動靜。軍營中之所以沒有任何人發現他不見，唯一的可能便是他自己離開了。」

晉安自己離開，他能去哪？難道他會悄悄跟蹤那帶走神祕人的那巫引一行，試圖去解救神祕人？

就晉安與那神祕人通風報信的關係來看，也並非不可能。

只是……

黎霜不管怎麼想，都覺得事有蹊蹺，但到底哪裡蹊蹺，她卻還沒想明白。

不過，不管如何——

「此事需得查明，在那石室設下陷阱之人有謀害東宮的意圖，乃是殺頭之罪，必須將他們找出來。只要他們還在大晉，就不能讓他們活著離開。」

秦瀾低聲應：「是。」

「等等。」黎霜喚住秦瀾，「你著人往南方去查，但凡有關於蠱的消息，都盡量留意。」

秦瀾一愣：「蠱術？」

「嗯，就是蠱術。且去探探，有沒有哪個江湖門派，能將人練成蠱人的。」

秦瀾點頭，抱拳退了出去。

黎霜看著秦瀾的身影離開，她眸光堅定，暗自下了決心，定要救下那個黑甲人。

自她第一次遇見黑甲人以來，他便如此神祕，卻沒有一次不是救她於危難之中。從第一次的塞北匪賊賊窩之中的初見，再到現在這沼澤地下石洞裡的捨命相護，他都是拚盡全力地在保護她。

哪怕之前，她曾為了守衛太子，幾乎與他為敵……

黎霜眸光微微一垂，這時才看見自己手臂上綁著的繃帶，手臂抬起時，還有幾分疼痛，她知道這是包紮的巫引在她手臂上留下的傷口。

但看見自己的手臂，她卻不由自主地想到了沼澤中，受她所托，踩了她脫身的太子。

「東宮現在情況如何？」

正在寫方子的軍醫聞言，轉頭答道：「太子殿下身體無礙，只是在三日前已經啟程回京了。」

黎霜一愣，「回京了？」她一皺眉頭，下意識地感覺得到了幾分不妙，「京中可是出了什麼事？」

軍醫一聲嘆息，望向黎霜的眼睛裡多了幾分蒼涼：「將軍，聖上聖體微恙，已有許久了。」

皇權君權，整個大晉的權力都繫在這一人身上。他出事，便是國出事；他抱恙，便是國抱恙。

大晉臣民，哪怕遠在邊塞，也能感受到京城中的權力震顫。

此時正值隆冬，只能祈禱大晉的朝堂爭鬥不要影響邊塞的戰局了。也希望不要為這邊塞，引來一波又一波的惡狼。

況且，現在他們沒有黑甲人了。

黎霜拳頭握得極緊，這個冬日，只有硬抗了。

她祈禱這一次，司馬揚能來得及趕回，來得及登上那屬於他的位子，為君為帝，保大晉安穩，也保將軍府安穩。

她摸了摸自己的手臂，也那麼慶幸，還好當時的自己，將司馬揚救了出去。

家國面前，其他事物都顯得渺小。

——《與晉長安 上卷》完

Novel.九鷺非香

高寶書版集團
gobooks.com.tw

輕世代 FW326
與晉長安 上卷

作　　者　九鷺非香
繪　　者　哈尼正太郎
編　　輯　林思好
校　　對　任芸慧
書衣設計　林鈞儀
美術編輯　林鈞儀
排　　版　彭立瑋

發 行 人　朱凱蕾
出　　版　英屬維京群島商高寶國際有限公司臺灣分公司
　　　　　Global Group Holdings, Ltd.
地　　址　臺北市內湖區洲子街88號3樓
網　　址　www.gobooks.com.tw
電　　話　(02) 27992788
電　　郵　readers@gobooks.com.tw（讀者服務部）
　　　　　pr@gobooks.com.tw（公關諮詢部）
傳　　真　出版部　(02) 27990909　行銷部 (02) 27993088
郵政劃撥　50404557
戶　　名　三日月書版股份有限公司
發　　行　三日月書版股份有限公司/Printed in Taiwan
初版日期　2020年1月

國家圖書館出版品預行編目(CIP)資料

與晉長安 /九鷺非香著.-- 初版.　-- 臺北市：高寶國際, 2020.01-
　冊；　公分. --

ISBN　978-986-361-780-8(上冊：平裝)

857.7　　108020733

三日月書版

GOBOOKS
& SITAK
GROUP©

GOBOOKS
& SITAK
GROUP©